U0145600

餐飲日語

林正成、李美麗／編著

にほんご

五南圖書出版公司 印行

序言 Preface

本書的主要目的是為因應台灣觀光及餐飲等服務業的蓬勃發展，有感於當日本觀光客蒞臨時，服務人員該如何應對及各種餐飲名稱該如何貼切的表述等等諸多有益於提供接待日客各種不同方面的問題甚為迫切，而坊間尚無較全面性的書籍可提供參考。為此本書貢獻當年留日時的打工體驗，加上多年的教課所得，由第一線從業人員的角度出發，以淺顯易懂且實用的方式，盡其所能地收集、匯整而成，頗適合日語檢定考N3以上程度者使用；且在附錄中尚有各種餐飲的華日對譯名稱，堪為當代台灣各色餐飲的小辭典。可提供餐飲業參考選用。

本書於成書之際，承大葉大學應用日語系李美麗老師的編輯、校閱，於此表深深的謝意。同時也對修平科技大學日籍教師——塩川太郎（Taro Shiokawa）的日語語氣、語意的調校，以及資管系陳怡君老師的美工與編修表示謝意。

其唯本人才疏學淺，尚有甚多不足之處。祈請國內外衆先進學者不吝指教。

林正成
謹識於修平科技大學應日系

- 目次 Contents -

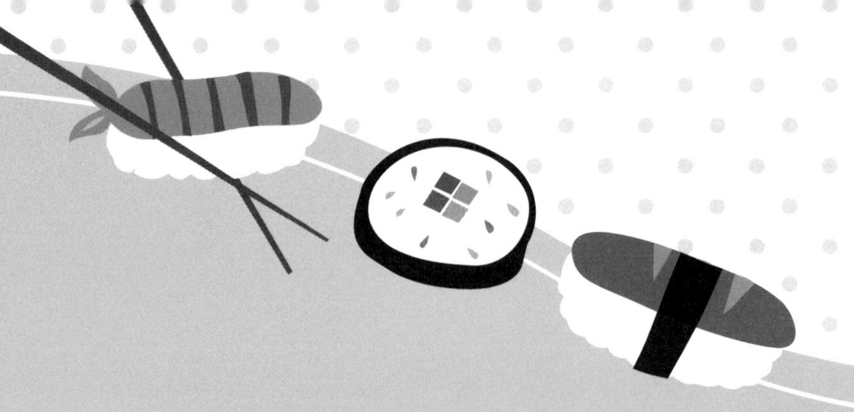

第❶課 予約1

▶単語

重音	假名	漢字	中文
3	こんだんかい	懇談会	聯誼會
2	ただいま	只今	現在
5	おみえになる	お見えになる	光臨
0	うかがう	伺う	請教
1	ぎんみ	吟味	品味
0	ていきょう	提供	提供
0	さっそく	早速	立刻
1	ようい	用意	準備
2	てすう	手数	費事
0	にってい	日程	日程
0	しょうかい	商会	商會
3	スケジュールひょう	スケジュール表	行程表
1	しゅし	趣旨	意思、主題
0	うちあわせ	打ち合わせ	商量
0	わしつ	和室	和式房間
0	ようしつ	洋室	西式房間
0	えんかい	宴会	宴會
5	ミニマム・チャージ		最低消費額
0	たいあん	大安	黄道吉日

重音	假名	漢字	中文
0	あたる	当たる	碰巧
1	こむ	混む	客滿

▶会話❶ 電話で予約する 01-1

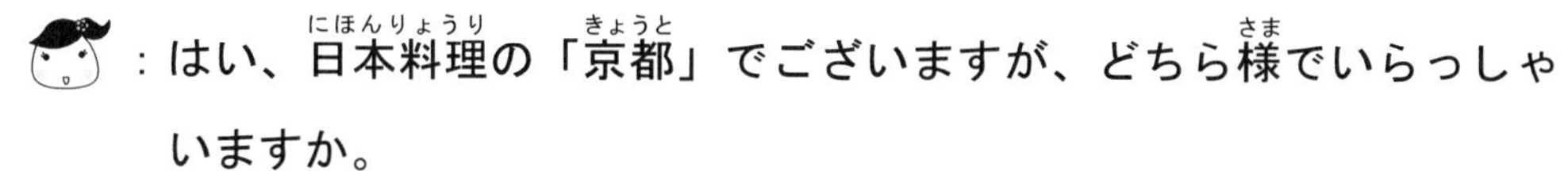

：はい、日本料理の「京都」でございますが、どちら様でいらっしゃいますか。

：私は川崎会社の土居です。今晩6時ごろそちらで懇談会をしたいんですが、予約できますか。

：結構でございますが、何名様でしょうか。

：20人ですが…。

：ご予算をお伺いしても、よろしいでしょうか。

：一人あたり6000円ぐらいでお願いできますか。

：はい、お一人様6000円ぐらいですね。

：ええ。

：かしこまりました。

：飲み物はビールを用意してください。

：かしこまりました。ご用意いたします。

：では、お願いします。

▶会話❷ 店へ来て予約する 01-2

：いらっしゃいませ。

：予約をお願いしたいんですけど。

：ご予約でございますね。ありがとうございます。まず、日程をお伺いたいのですが…。

：15日の夕方、7時から2時間ぐらい。

：15日夕方 7 時から9時まででございますね。何名様でいらっしゃいますか。

：男性5人です。

：はい、かしこまりました。男性5名様でございますね。

：ええ。

：恐れ入りますが、お客様のお名前をお聞かせ願いたいんですが…。

：鶴見商会の山田です。

：鶴見商会の山田様でいらっしゃいますね。ただいま、私共のスケジュール表を調べますので、少々お待ちいただけますか。

：お願いします。

：お待たせいたしました。確認がとれました。ご予約いただけます。

：そうですか。

：お集まりの趣旨をお聞かせいただけますか。お部屋、お料理、お飲み物などをご相談させていただきたいんですが…。

：仕事の打ち合わせをしたいので静かなところがいいです。

：はい、かしこまりました。お部屋は和室、洋室がございますが…。

：和室でお願いします。

：それでは和室をお取りいたします。

：お願いします。

▶関連表現(かんれんひょうげん)

1. ご希望(きぼう)の時間(じかん)は？
2. 何時(なんじ)ごろ、お見(み)えになりますか。
3. 最近混(さいきんこ)みあっておりますので、前(まえ)の日(ひ)までにご予約(よやく)いただきませんと難(むずか)しいかと思(おも)いますが…。
4. 誠(まこと)に申(もう)し訳(わけ)ございませんが、お一人様(ひとりさま)のミニマム・チャージは600(ろっぴゃく)元(げん)いただくことになっておりますが、よろしいでしょうか。
5. 日曜祭日(にちようさいじつ)のうえ、さらに大安(たいあん)に当(あ)たりますと、大変混(たいへんこ)みますので、よくお考(かんが)えになってまたご連絡(れんらく)くださいませ。

▶ 文法コラム

接客業に従事している人にとって正しい敬語を使いこなすのは必要なものです。だから、「お客様」に対して不愉快な思いをさせないように、普段から敬語の使い方をしっかり身に付けておきましょう。

日本語の敬語表現は普通三つのタイプに分けられる。

◆ 尊敬語

話し手が聞き手、または話題の中の動作主、その動作・状態・事物・おかれている環境などを高めて言う表現。

◆ 謙譲語

自分や自分の側にあると判断されるものに関し、へり下った表現をすることにより、相手に対する敬意を表す表現。

◆ 丁寧語

「お」「ご」などの接頭語をつけたり、「です」「ます」をつけたりすることで、丁寧な表現をすることで相手への敬意を表す。

名詞(めいし)の丁寧表現(ていねいひょうげん)

普通表現	丁寧表現
わたし	わたくし
あなた	あなたさま、おたくさま
この人(ひと)	この方(かた)
この人たち	この方々(かたがた)
こっち、そっち、あっち、どっち	こちら、そちら、あちら、どちら
ここ、そこ、あそこ、どこ	こちら、そちら、あちら、どちら
これから	今後(こんご)
今日(きょう)	本日(ほんじつ)
明日(あした)	明日(みょうじつ)
次(つぎ)の日(ひ)	翌日(よくじつ)
きのう	昨日(さくじつ)
この間(あいだ)	先日(せんじつ)
今(いま)	ただいま
今度(こんど)	この度(たび)

例文

①***この方は***日本商事の小林さんで、***その方***は東京商事の川崎さんです。

（この人　→　この方　　　　その人　→　その方）

（這位是日本商社的小林先生，那一位是東京商社的川崎先生。）

②***本日***、ご来店くださいまして、まことにありがとうございます。

（今日　→　本日）

（本日承蒙您光臨本店眞是感謝。）

▶練習問題

次の下線の言葉を丁寧な言い方に直してください。

1.日本料理と台湾料理と、どっちがお好きですか。

＿＿＿＿＿＿＿＿＿＿＿＿＿＿＿＿＿＿＿＿。

2.今、川崎課長が席をはずしております。

＿＿＿＿＿＿＿＿＿＿＿＿＿＿＿＿＿＿＿＿。

3.この間どうもありがとうございました。

＿＿＿＿＿＿＿＿＿＿＿＿＿＿＿＿＿＿＿＿。

4.夏にはどこへ行くつもりですか。

＿＿＿＿＿＿＿＿＿＿＿＿＿＿＿＿＿＿＿＿。

5.今日お忙しいところをご出席くださいまして、ありがとうございます。

＿＿＿＿＿＿＿＿＿＿＿＿＿＿＿＿＿＿＿＿。

6.今度大変お世話になりました。

＿＿＿＿＿＿＿＿＿＿＿＿＿＿＿＿＿＿＿＿。

7.これからよろしくお願いします。

＿＿＿＿＿＿＿＿＿＿＿＿＿＿＿＿＿＿＿＿。

8.こんなことはあるのですか。わたしはまだ聞(き)いておりません。

＿＿＿＿＿＿＿＿＿＿＿＿＿＿＿＿＿＿＿＿。

次(つぎ)の中国語(ちゅうごくご)を日本語(にほんご)に翻訳(ほんやく)してください。

1.這裡是京都日本料理店。

＿＿＿＿＿＿＿＿＿＿＿＿＿＿＿＿＿＿＿＿。

2.請問是哪位呢？

＿＿＿＿＿＿＿＿＿＿＿＿＿＿＿＿＿＿＿＿。

3.我現在想預約。

＿＿＿＿＿＿＿＿＿＿＿＿＿＿＿＿＿＿＿＿。

4.請問有幾位呢？

＿＿＿＿＿＿＿＿＿＿＿＿＿＿＿＿＿＿＿＿。

5.可否請問您的預算？

＿＿＿＿＿＿＿＿＿＿＿＿＿＿＿＿＿＿＿＿。

6.想請問一下預約的時間。

＿＿＿＿＿＿＿＿＿＿＿＿＿＿＿＿＿＿＿＿。

7.想請問客人您尊姓大名？

____。

▶宿題の答え

練習 1

1. 日本料理と台湾料理と、どちらがお好きですか。
2. ただいま、川崎課長が席をはずしております。
3. 先日どうもありがとうございました。
4. 夏にはどちらへ行くつもりですか。
5. 本日忙しいところをご出席くださいまして、ありがとうございます。
6. このたび大変お世話になりました。
7. 今後よろしくお願いします。
8. こんなことはあるのですか。わたくしはまだ聞いておりません。

練習 2

1. 日本料理の「京都」でございます。
2. どちら様でいらっしゃいますか。
3. 私は只今予約したいんですけど…。
4. 何名様でしょうか。
5. ご予算をお伺いしても、よろしいでしょうか。
6. 日程をお伺いたいんですが…。
7. お客様のお名前をお聞かせ願いたいんですが…。

第❶課 預約訂席 1

▶ 會話❶ 電話預約

：是的，這裡是京都日本料理店，請問是哪一位？

：我是川崎公司的土居，今晚 6 點左右想在您們那裡開個聯誼會，此刻能先預約嗎？

：當然沒問題！請問有幾位呢？

：有 20 位。

：可否請教預算是多少？

：每位 6000 日圓左右，麻煩您了。

：好的，每位 6000 日圓左右是吧？

：是的。

：好的。

：飲料部分請幫我準備啤酒就可以了。

：好的，我會準備。

：那麼，麻煩您了。

▶會話❷ 來店預約

：歡迎光臨。

：我想預約訂席…。

：要預約訂席是嗎？謝謝您。首先想請教您日期是哪一天…。

：15號傍晚，從7點開始大約2個小時左右。

：15號傍晚，從7點到9點是吧！請問幾位？

：男性5人。

：好的，男士5位是吧！

：是的。

：不好意思，能請教客人您貴姓嗎？

：我是鶴見商會的山田。

：是鶴見商會的山田先生，我立刻查一下預約表，可否請您稍待一下。

：麻煩您了。

：請您久等了，經確認後，可接受您的預約。

：是喔。

：可否請問您們聚會的名稱呢？另外，房間、菜色、飲料等亦想一併請教。

：因爲是想談一下生意，所以最好是較清靜的房間。

：好的，房間我們有日式和西式兩種，不知您…。

：日式的比較好。

：那就爲您保留日式房間。

：麻煩您了。

▶相關表現

1.您希望的時間爲何？
2.幾點您會大駕光臨呢？
3.最近宴會較多，如果不在前一天先預訂，恐怕就很難安排了。
4.實在抱歉，每位的最低消費是600日圓，這樣可以嗎？
5.星期例假日，若偶逢好日子時，就會客滿，請善爲衡量再給我電話爲荷。

第❷課 予約 2

▶単語

重音	假名	漢字	中文
3	まつコース	松コース	松級全餐
3	うめコース	梅コース	梅級全餐
0	たしょう	多少	多少
0	へんこう	変更	變動
5	うけたまわる	承る	接受
0	にほんしゅ	日本酒	日本酒
0	すのもの	酢の物	涼拌醋類
0	にもの	煮物	燉品
3	くるまえび	車海老	大蝦
0	しおやき	塩焼き	鹽、烤
2	わかどり	若鳥	嫩雞
0	からあげ	唐揚げ	（不裹麵粉）乾炸
4	しろみざかな	白身魚	白肉魚
2	むしもの	蒸し物	蒸的菜
0	すいもの	吸物	湯類
0	ついか	追加	追加
3	まえもって	前以て	事先
0	もうしつける	申し付ける	吩咐
2	へやだい	部屋代	房間費用

重音	假名	漢字	中文
5	サービスりょうきん	サービス料金	服務費
3	しょうひぜい	消費税	消費稅
3	ふくみおき	含み置き	事先核算在內
5	テーブルプラン		配菜單
0	あいにく	生憎	不巧
0	あたまきん	頭金	訂金
3	あずける	預ける	預付
1	りょうきん	料金	費用
0	ぜんがく	全額	全額
0	はんがく	半額	半價
0	せいきゅう	請求	請求（付款）

▶会話❶ 予約(よやく)の料理(りょうり)の説明(せつめい) 02-1

：いらっしゃいませ。

：予約(よやく)をしたいんですが…。

：はい、何日(なんにち)の、何名様(なんめいさま)でいらっしゃいますか。

：15日(じゅうごにち)の夜(よる)、6人(ろくにん)です。

：はい、かしこまりました。

：料理(りょうり)はどんなコースがありますか。

：私共(わたくしども)ではお一人様(ひとりさま)8000円(はっせんえん)の松(まつ)コースから5000円(ごせんえん)の梅(うめ)コースまで、和食(わしょく)、洋食(ようしょく)、中華(ちゅうか)のコースメニューがございます。これらのコースをご利用(りよう)いただくとよろしいかと存(ぞん)じます。お客様(きゃくさま)のご都合(つごう)で多少(たしょう)の変更(へんこう)も承(うけたまわ)りますけど…。

：そうですか。ちょっとコースメニューを見(み)せてください。

：はい、どうぞ。

：竹(たけ)はどんなコースですか。

：竹(たけ)コースはお一人様(ひとりさま)6000円(ろくせんえん)で、お飲(の)み物(もの)は日本酒(にほんしゅ)が3本(さんぼん)付(つ)きます。

料理は前菜、刺身、酢の物、野菜の煮物、車海老の塩焼き、若鳥の唐揚げ、白身魚の蒸し物、それにお吸物でございます。もしこのメニューに料理の変更やお飲み物の追加などのご注文がございましたら、前もってお申し付けいただければご用意させていただきます。

 : じゃ、6000円の竹コースでお願いします。

 : 竹コースでございますね。かしこまりました。お部屋代、サービス料金は無料でございますが、消費税が入っておりませんので…。

 : わかりました。

 : それでは、ご予約内容を確認させていただきます。15日の夜、6名様、お料理は6000円の竹コースでございますね。

 : はい。

 : かしこまりました。私は林と申します。お客様の方から何かご連絡がございましたら、私林までお電話をくださいませ。15日のご来店をお待ち申し上げております。今日はご予約をありがとうございました。

▶関連表現

1. 先日お作りいたしましたテーブルプランをお持ちいたします。
2. 税金、サービス料は別にいただくようになりますが、いかがなさいますか。
3. 頭金を預けさせていただけませんでしょうか。
4. 誠に申し訳ございません。当日になられた場合は料金の３０％いただくことになっておりますが、よろしいでしょうか。
5. 当日おみえにならない方の分は全額はいただかなくてけっこうでございます。恐れ入りますが、半額だけご請求させていただけますが…。
6. ご予約のないお客様には少々お待ちいただく場合もございます。
7. あいにく同じ席を用意できませんが、別々でよろしいでしょうか。

▶文法（ぶんぽう）コラム：副詞（ふくし）、あいさつ語（ご）の丁寧表現（ていねいひょうげん）

普通表現	丁寧表現
後（あと）で	のちほど
先（さき）	さきほど
本当（ほんとう）に	まことに
早（はや）く	早（はや）めに
ちょっと	少々（しょうしょう）
とても、すごく	大変（たいへん）、非常（ひじょう）に
どう	いかが
すぐ	早速（さっそく）
すみません	申（もう）し訳（わけ）ございません 恐（おそ）れ入（い）ります
さようなら	失礼（しつれい）します
いい	よろしい けっこう

例文（れいぶん）

①ご協力（きょうりょく）くださいまして、*誠*（まこと）にありがとうございました。

（本当（ほんとう）に → 誠（まこと）に）

（承蒙您的協助，實在感謝。）

▶練習問題

次の下線の言葉を丁寧な言い方に直してください。

1.本当にすみません。

________________________________。

2.すみませんが、山田部長はいらっしゃいますか。

________________________________。

3.後でまたお伺いします。

________________________________。

4.これでいいですか。

________________________________。

5.ちょっと不便なところがありますが、ぜひお使いください。

________________________________。

6.ご家族の皆さまはどうですか。

________________________________。

7.この書類をできるだけ早く準備しておいてください。

________________________________。

8.田中先生(たなかせんせい)はとても難(むずか)しい研究(けんきゅう)をなさっているそうです。

____。

次(つぎ)の中国語(ちゅうごくご)を日本語(にほんご)に翻訳(ほんやく)してください。

1.我們有從每位8000日圓的松級到每客3000日圓的梅級價位，菜式有日式、西式和中式。

____。

2.我們可視客人之要求，多少可稍做調整。

____。

3.菜單中料理若有需要變更或飲料追加等，事先吩咐的話，當可預先妥善爲您準備。

____。

4.房間使用費及服務費是免費的，但消費稅沒算，請事先核算預計在内。

____。

5.那麼容我確認您的預約内容。

____。

6.客人您有任何要事連絡，就請直接給我電話。

______________________________________。

7.稅金、服務費是另外計算的，您意下如何？

______________________________________。

▶練習問題の答え

練習 1

1. まことに申し訳ございません。
2. 恐れ入りますが、山田部長はいらっしゃいますか。
3. 後ほどまたお伺いします。
4. これでよろしいですか。
5. 少々不便なところがありますが、ぜひお使いください。
6. ご家族の皆さまはいかがですか。
7. この書類をできるだけ早めに準備しておいてください。
8. 田中先生はたいへん難しい研究をなさっているそうです。

練習 2

1. 私共ではお一人様 8000 円の松コースから 5000 円の梅コースまで、和食、洋食、中華のコースメニューがございます。
2. お客様のご都合で多少の変更も承りますけど…。
3. もしこのメニューに料理の変更や飲物の追加などのご注文がございましたら、前もってお申し付けいただければご用意させていただきます。
4. 部屋代、サービス料金は無料でございますが、消費税が入っておりませんのでお含みおき下さいませ。
5. それでは、ご予約内容を確認させていただきます。

6. お客様の方から何かご連絡がございましたら、私までお電話を下さいませ。

7. 税金、サービス料は別にいただくことになりますが、いかがなさいますか。

第❷課 預約訂席 2

▶會話❶ 說明訂席的料理

：歡迎光臨。

：我想預約訂席…。

：好的，請問何時？有幾位呢？

：15 號的晚上，有 6 位。

：好的。

：你們的菜單有怎樣的菜色組合呢？

：我們有從每客 8000 日圓的松級全餐到每客 5000 日圓的梅級全餐價位，菜色有日式、西式和中式，我想都蠻適合您們的。當然亦可視客人之要求，多少可稍做調整。

：喔！是嗎？讓我看一下菜單。

：好的，請過目。

：這個竹級全餐是怎麼樣的菜色呢？

：竹級全餐是每客 6000 日圓，搭配日本酒 3 瓶，而菜餚有前菜、生魚片、涼拌醋類、燉菜、鹽烤大蝦、炸雞塊、蒸白魚、還有湯類。如果另外要有所變更或追加飲料等，事先吩咐，當可預先妥善準備。

：我想就訂這竹級全餐吧！

：決定是竹級全餐嗎？好的。房間使用費及服務費是免費的，而消費稅尚未算在內。

：知道了。

：那麼再一次跟您確認一下預約的內容，15 號晚上，有 6 位客人，訂的是 6000 日圓的竹級全餐。

：是的。

：好的。敝姓林，客人您有任何要事連絡，就請直接給我電話。15 日敬候您的大駕光臨，今天謝謝您的預約訂席。

▶相關表現

1. 我去拿前幾天爲您調配過的菜單，請您過目一下。
2. 稅金、服務費是另外計算的，您意下如何？
3. 很抱歉可否請您先預付訂金？
4. 實在抱歉，當天取消（預約）時，我們是按照費用酌收30%毀約金，可以嗎？
5. 當天若有來賓未到，其餐飲費用是不需全額照付，很不好意，但會請求以半價支付。
6. 沒有預約的客人有時會稍微等候一下。
7. 很不巧的沒辦法安排坐在同一桌，可以分開坐嗎？

第❸課　お出迎え 1

▶単語

重音	假名	漢字	中文
5	コーヒーショップ		咖啡廳
3	きんえんせき	禁煙席	禁菸席
3	きつえんせき	喫煙席	吸菸席
8	おかけくださいませ	お掛けくださいませ	請坐
4	おしぼり	お絞り	擦手巾
3	マンデリン		曼特寧（咖啡）
4	ブルーマウンテン		藍山咖啡
2	または	又は	或者
0	はいざら	灰皿	菸灰缸
0	とりかえ	取替え	更換
1	レジ		收銀處
8	おこしくださいませ	お越し下さいませ	光臨
4	えんせきめい	宴席名	宴會名稱
2	しばらく	暫く	暫時
1	かかり	係	擔任…的人
0	のちほど	後ほど	過一會
9	おまちどおさまでした	お待ち遠様でした	讓您久等了
0	あいせき	相席	合桌

▶会話❶ コーヒーショップで 03-1

：いらっしゃいませ、お二人様(ふたりさま)ですか。

：うん、二人(ふたり)。

：はい、かしこまりました。禁煙席(きんえんせき)と喫煙席(きつえんせき)がございますが、どちらになさいますか。

：禁煙席(きんえんせき)でいいよ。

：かしこまりました。それでは、ご案内(あんない)いたします。どうぞこちらへ。

：こちらがメニューでございます。

（水(みず)とおしぼりを出(だ)す）

：ご注文(ちゅうもん)は何(なん)にいたしましょうか。

：マンデリンとブルーマウンテン。

：かしこまりました。マンデリンとブルーマウンテンでございますね。少々(しょうしょう)お待(ま)ちください。

（少(すこ)しして）

：お待(ま)たせいたしました。どうぞ。

（少(すこ)しして）

：失礼いたします。お水でございます。

（お客様が立ち上がったとき）

：ありがとうございました。

（接客者、レジのところに行く）

：３６０元でございます。

：（お金を払う）

：たしかにちょうだいいたしました。ありがとうございました。またどうぞお越しくださいませ。

▶会話❷ レストランでお客の出迎え 03-2

：いらっしゃいませ。

：私は河野と申します。私共の会があると思いますが…。

：ご宴席名をお伺いしたいんですけど…。

：共栄会です。

：共栄会の河野様でいらっしゃいますね。お待ち申し上げておりました。ただいま係の者がまいりますので、前のお席でお待ちくださいませ。

：こちらですか。

：はい、しばらくお待ちくださいませ。

：大変お待たせいたしました。係の陳と申します。菊の間へご案内いたします。

：河野様、こちらが菊の間でございます。数人の方がお待ちでございます。

：ありがとう。

：どうぞお入りください。

▶関連表現

1. いらっしゃいませ。丸山社長、いつもの席をお取りいたしております。
2. 誠に恐れ入りますが、お席にご案内いたしますまで、こちらでお待ちください。
3. 大変お待たせいたしました。お客様、お席はご用意してございます。こちらのお席へどうぞ。
4. のちほどまた2名様が見えますね。はい、かしこまりました。お席はごいっしょの方がよろしゅうございますね。
5. こちらの席が広くて、荷物も置けますからどうぞ。
6. いらっしゃいませ、皆様はご一緒の方でいらっしゃいますか。
7. 大変お待ちどおさまでした。ご相席になりますがよろしゅうございますか。
8. お楽しみのところ、大変恐れ入りますが、こちらご相席させていただいてもよろしゅうございますでしょうか。

▶文法コラム：「—です」の謙譲表現と尊敬表現

◆「—です」の謙譲表現：「—でございます」

例1：

普通表現：こちらが「菊の間」料理屋です。

謙譲表現：こちらが「菊の間」料理屋でございます。

例2：

普通表現：私は山田です。

謙譲表現：私は山田でございます。

◆「—です」の尊敬表現：「—でいらっしゃいます」

例1：

普通表現：失礼ですが、田中さんですか。

尊敬表現：失礼ですが、田中様でいらっしゃいますか。

例2：

普通表現：山田先生、お元気ですか。

尊敬表現：山田先生、お元気でいらっしゃいますか。

▶練習問題

下線の語を謙譲表現か尊敬表現に直してください。

1.あの方は山田さんですか。

______________________________。

2.A：「どちら様ですか。」

B：「山田と申します。」

______________________________。

3.はじめまして、木村です。どうぞよろしく。

______________________________。

4.ご家族の皆様はお元気ですか。

______________________________。

5.今日はいいお天気ですね。

______________________________。

6.半沢さんは東京大学の先生です。

______________________________。

7.ご覧(らん)ください。こちらが故宮博物院(こきゅうはくぶついん)です。

____。

8.毎度(まいど)ありがとうございます。「松(まつ)の花(はな)」です。

____。

次(つぎ)の中国語(ちゅうごくご)を日本語(にほんご)に翻訳(ほんやく)してください。

1.我們備有禁菸席及吸菸席，請問您要選哪一種？

____。

2.我將爲您引導。

____。

3.請問要點什麼？

____。

4.很抱歉，先爲您送水。

____。

5.歡迎下次再光臨。

____。

6.想請教您宴席名稱。

____。

7.已經等候您多時了。

____。

8.立刻會有接待人員前來帶位，請先在前方座位稍候。

____。

▶練習問題の答え

練習 1

1. あの方は山田さんでいらっしゃいますか。

2. A:「どちら様でいらっしゃいますか」。

   B:「山田と申します」。

3. はじめまして、木村でございます。どうぞよろしく。

4. ご家族の皆様はお元気でいらっしゃいますか。

5. 今日はいいお天気でございますね。

6. 半沢さんは東京大学の先生でいらっしゃいます。

7. ご覧ください。こちらが故宮博物院でございます。

8. 毎度ありがとうございます。「松の花」でございます。

練習 2

1. 禁煙席と喫煙席がございますが、どちらになさいますか。

2. ご案内いたします。

3. ご注文は何になさいますか。

4. 失礼いたします。お水でございます。

5. またどうぞお越しくださいませ。

6. ご宴席名をお伺いしたいんですけど…。

7. お待ち申し上げておりました。

8. ただいま係の者が参りますので、前のお席でお待ちくださいませ。

第❸課 接待 1

▶會話❶ 在咖啡店

：歡迎光臨，二位是嗎？

：是的，二個人。

：好的，有禁菸席和吸菸席，不知您要選哪一種？

：禁菸席好了。

：好的，那麼我爲兩位帶位，請往這邊走。

：這是菜單。

（遞上茶水跟手巾）

：請問要點些什麼？

：曼特寧和藍山咖啡

：好的，曼特寧和藍山是吧？請稍候。

（過了一會兒）

：讓您們久等了，請用。

（過了一會兒）

：對不起，給您們斟茶水。

（客人站起離桌時）

：謝謝光臨。

（接待者前往收銀處去）

：共 360 元。

：（付錢）

：金額正確，謝謝，歡迎再度光臨。

▶會話❷ 在餐廳接待客人

：歡迎光臨。

：敝姓河野。我們在這兒有個宴會。

：請問宴會名稱怎麼稱呼呢？

：共榮會。

：喔！是共榮會的河野先生是嗎？我們已恭候多時。立刻會有接待人員前來帶位，請在前方座位稍候。

：是這裡嗎？

：是的，請稍待一下。

：讓您久等了。敝姓陳，負責接待您，我帶您至「菊間」房。

：河野先生，這裡就是「菊間」房，已有幾位來賓先到了。

：謝謝您。

：請進。

▶相關表現

1. 歡迎光臨，丸山社長，已給您保留老位子了。
2. 實在抱歉，在爲您帶位前，請在此稍候。
3. 讓您久等了！客人您的座席已經準備好了，這邊請。
4. 待會兒又有兩位要來是嗎？好的，座位一塊兒較好吧？
5. 這邊的座位較大，也可以放行李，請坐。
6. 歡迎光臨，各位是一道的嗎？
7. 讓您久等了，座位需跟其它來賓共席，可以嗎？
8. 對不起，您正享用時打擾了，可否請您讓這位來賓與您共席呢？

▶単語

重音	假名	漢字	中文
1	コート		外套
3	あずかる	預かる	保管
0	きちょうひん	貴重品	貴重物品
3	てもと	手許	手邊
3	ばんごうふだ	番号札	號碼牌
0	ひきかえ	引替	領取、換取
2	なくす	無くす	遺失
0	かいだん	階段	樓梯
0	きゅう	急	陡峭
4	あしもと	足本	腳邊
0-2	きをつける	気を付ける	注意、小心
2	つめる	詰める	靠、擠
0	おこのみ	お好み	喜好
0	まんせき	満席	客滿
0	まどぎわ	窓際	靠窗
0	ふさがる	塞がる	（有人）佔滿
0	たてこむ	立てこむ	滿座
0	べつべつ	別々	分開
0	あく	空く	空著

▶会話❶ 予約済みの場合 04-1

：いらっしゃいませ。皆様、ご一緒でいらっしゃいますか。

：ええ。

：今日は大勢でのお越し、ありがとうございます。ご予約はいただいておりますでしょうか。

：ええ。

：恐れ入りますが、お客様のお名前をお伺いできますか。

：川野です。

：川野様でいらっしゃいますね。

（少しして）

：お待たせいたしました。ご予約のお部屋は三階の松の間でございます。

：外は雨で大変でございましたでしょう。傘とコートをこちらでお預かりいたします。

：貴重品も預かってくれますか。

：恐れ入りますが、貴重品だけはお手許にお持ちくださいませ。番号札でございます。荷物と引き替えになりますので、ご注意ください。それでは早速ご案内いたします。三階の松の間でございます。階段が急でございますので、足元には十分お気をつけくださいませ。

：こちらの部屋でございます。どうぞお入りください。

：奥の方から席をお詰ください。

：さっそくでございますが、こちら、メニューでございます。皆様でお好みのものをお選びください。おしぼりの用意をしてまいりますので、よろしくお願いいたします。

▶会話❷ 満席の場合 04-2

：いらっしゃいませ。ご予約なさっていらっしゃいますでしょうか。

：いいえ、予約していません。

：ご予約なさっていらっしゃらないんですね。何名様ですか。

：６人です。

：申し訳ございません。ただいまあいにく満席でございますが、少々お待ちいただけますか。

：どのぐらい待ちますか。

：２０分ほどお待ちいただくことになると思いますが…。

：そうですか。じゃ、また来ます。

：さようでございますか。この次お見えいただく時はあらかじめお電話でご予約いただければ、お席をご用意させていただきます。本日はまことに申しわけございませんでした。

▶関連表現

1. 恐れ入りますが、本日はご予約のお客様で満席でございますので、ご無理と存じますが…。
2. 誠に申しわけございませんが、そちらのお席はご予約をいただいておりましたので、こちらのお席になっております。よろしゅうございますか、恐れ入ります。
3. 恐れ入りますが、きょうはあとで混みますので、お二人様でいらっしゃったら二人卓のほうにお掛けいただけませんでしょうか。
4. 窓際のお席でございますか、ただいまあいにくふさがっております。こちらのお席でお願いできませんでしょうか。恐れ入ります。
5. 大変申し訳ございません。急に立て込んでまいりまして…、お席は別々になっておりますが、よろしゅうございますか。
6. お部屋の方は、ご予約の方にお使いいただくことになっておりますが、ただいま調べてまいりますので、少々お待ちくださいませ。
7. ご相席をお願いできますでしょうか。
8. お客様、少しこちらの方にお詰めいただけませんでしょうか、恐れ入ります。

▶文法コラム：一般動詞の尊敬表現

一般動詞の普通形を「お（ご）＋動詞ます形（漢語）になる」というふうに変えたら、尊敬動詞となります。

普通形	美化形	尊敬形
待つ	待ちます	***お待ちになります***
買う	買います	***お買いになります***
遠慮する	遠慮します	***ご遠慮になります***
指導する	指導します	***ご指導になります***
注：和語には普通「お」を付ける。お許し、お招き 漢語には普通「ご」を付ける。ご利用、ご用意		

例文

①先生、この冬休み、どちらに*お出かけになりますか*。

（出かけます → お出かけになります）

（老師，今年寒假有打算要出去哪裡嗎？）

②このネクタイはどちらで*お買いになりましたか*。

（買いました → お買いになりました）

（這條領帶是在哪裡買的呢？）

③この表彰式、社長はご***出席になりますか***。

（出席します　→　ご出席になります）

（社長會參加這個頒獎儀式嗎？）

▶練習問題

次(つぎ)の普通表現(ふつうひょうげん)を尊敬表現(そんけいひょうげん)に直(なお)してください。

例：先生(せんせい)、この夏休(なつやす)みどちらに出掛(でか)けますか。

→　先生(せんせい)、この夏休(なつやす)みどちらにお出掛(でか)けになりますか。

1.課長(かちょう)は来月(らいげつ)アメリカへ出張(しゅっちょう)します。

______________________________。

2.お客(きゃく)さん、予約(よやく)しますか。

______________________________。

3.今日(きょう)の会議(かいぎ)に部長(ぶちょう)が出席(しゅっせき)します。

______________________________。

4.このイヤリングはどちらで買(か)いましたか。

______________________________。

5.先生(せんせい)、今何(いまなに)を読(よ)んでいますか。

______________________________。

6.使(つか)ってから元(もと)のところへ返(かえ)してください。

______________________________。

7. 今晩いつ帰りますか。

______________________________。

8. 先生は何時に戻りますか。

______________________________。

二 次の中国語を日本語に翻訳してください。

1. 請問有預約嗎？

______________________________。

2. 對不起，可否請教尊姓大名？

______________________________。

3. 傘和外套請寄放這邊。

______________________________。

4. 很抱歉，貴重物品請隨身保管。

______________________________。

5. 台階很陡，請留心腳步。

______________________________。

6.此刻碰巧客滿，可否請您稍待片刻呢？

____。

7.是要靠窗的座位嗎？

____。

8.非常抱歉，突然客滿了…

____。

▶練習問題の答え

練習 1

1. 課長は来月アメリカへご出張になります。
2. お客さん、ご予約になりますか。
3. 今日の会議に部長がご出席になります。
4. このイヤリングはどちらでお買いになりましたか。
5. 先生、今何をお読みになっていますか。
6. お使いになってから元のところへ返してください。
7. 今晩はいつお帰りになりますか。
8. 先生はいつお戻りになりますか。

練習 2

1. ご予約なさっていらっしゃいますでしょうか。
2. 恐れ入りますが、お客様のお名前をお伺いできますか。
3. 傘とコートをこちらでお預かりいたします。
4. 恐れ入りますが、貴重品だけはお手許にお持ちくださいませ。
5. 階段が急でございますので、足元には十分お気をつけくださいませ。
6. ただいまあいにく満席でございますが、少々お待ちいただけませんか。

7. 窓際(まどぎわ)のお席(せき)でございますか。

8. 大変申(たいへんもう)し訳(わけ)ございません。急(きゅう)に立(た)て込(こ)んで参(まい)りまして…。

▶會話❶ 已預約的情形

：歡迎光臨。請問各位是一起的嗎？
：是的。
：今天承蒙各位捧場，謝謝！請問有預約嗎？
：有的。
：對不起，可否請教尊姓大名？
：我叫川野。
：是川野先生啊！
（過一會兒）
：讓您久等了，您預約的房間在3樓的松間。
：外頭下大雨，很辛苦吧！傘和外套請寄放這邊。
：重要物品也可以寄放嗎？
：很抱歉，貴重物品請隨身保管。這是號碼牌，領取寄放物品時需提交，請務必注意。那麼立刻爲各位帶路。房間是在三樓的松間，台階很陡，請留心腳步。
：就是這一間，請入座。
：請從裡面開始就座。
：不耽誤各位的時間，這是菜單，請各位決定喜歡的菜餚。我這就去準備手巾，請多指教。

▶會話❷ 客滿的情形

：歡迎光臨。請問您是否已有預約訂席呢？

：沒，並沒有預約。

：沒有預約是嗎？請問幾位？

：6 個人。

：非常抱歉，此刻碰巧客滿，可否請您稍待片刻呢？

：要等多久呢？

：我想大約等個 20 分鐘。

：這樣啊！那我下次再來。

：這樣啊！下次您大駕光臨時，若能先撥個電話預約，必會爲您保留個位置，今天實在很抱歉。

▶相關表現

1. 很抱歉！今天因預約的來賓大客滿，我看是沒辦法（換席位）。
2. 實在抱歉，那邊的席位已有預約在先。請您這邊就座，可以嗎？抱歉！
3. 很抱歉，今天待會兒將會客滿，您們只有兩位的話是否麻煩請就座二人用的座席呢？
4. 是要靠窗的座位嗎？目前不巧正都有人，想請您就座這邊的席位，可以嗎？很抱歉。
5. 非常抱歉，突然客滿了…您們座位得分開坐，可以嗎？
6. 房間一般是提供預約者優先使用，我立刻查看一下，請稍待。
7. 可以麻煩跟其他人一起坐嗎？
8. 這位來賓，可否請您稍往這邊靠一點嗎？抱歉！

第5課 料理の注文

▶単語

重音	假名	漢字	中文
5	ちょうしょくビジネス	朝食ビジネス	商業早餐
0	たんぴん	単品	單點
0	ていしょく	定食	客飯
1	トースト		吐司麵包
4	オートミール		麥片
5	コーンフレーク		玉米片
1	トマト		蕃茄
4	パインジュース		鳳梨汁
3	ゆでたまご	ゆで卵	白煮蛋
5	フライドエッグ		煎蛋
5	ボイルドエッグ		煮蛋
7	スクランブルエッグ		炒蛋
0	めだまやき	目玉焼き	荷包蛋
5	ベーコンエッグ		培根蛋
1	バター		奶油
1	ジャム		果醬
1	マーマレイド		桔子醬
3	あらためて	改めて	再次；另行

重音	假名	漢字	中文
2	ステーキ		牛排
0	やきぐあい	焼き具合	熟度
1	レア		三分熟
1	ミディアム		半熟
1	ウェルダン		全熟
5	おこさまランチ	お子様ランチ	兒童餐

▶会話❶ 朝食ビジネス 05-1

（店員）：お待たせいたしました。ご注文を承ります。

（男性）：単品でも注文できますか。

（店員）：恐れ入りますが、朝はA定食とB定食の2コースのどちらかをお選びいただきたいんですが…。

（男性）：そう、今起きたばかりで、余りお腹は空いてないんですよ。

（店員）：それではBコースの方をお持ちいたしましょう。

（男性）：Bコースの内容は何ですか。

（店員）：どうぞこちらのメニューをご覧くださいませ。ジュースとコーヒーまたは紅茶、卵料理とトーストですけど…。

（男性）：Aコースとどこが違うんですか。

（店員）：はい、Aコースの場合はBコースの他にオートミールかコーンフレークのどちらかをお選びいただいております。

（男性）：じゃ、Bコースをお願いします。

（店員）：はい、かしこまりました。お二人ともBコースでございますね。お客様、お飲み物はトマトジュース、パインジュース、オレンジジュース、ミルクがございます。

：パイン二つ。

：はい、お二人ともパインジュースでございますね。すぐお持ちいたします。

：卵料理はゆで卵ですか。

：お客様のお好みに合わせてお作りいたしますが。フライドエッグ、ボイルドエッグ、それにスクランブルエッグなどがございます。

：目玉焼はありませんか。

：はい、ございます。お二人ともベーコンエッグでよろしゅうございますか。

：そう、それでお願いします。

：はい、かしこまりました。少々お待ちくださいませ。

：大変お待たせいたしました。パインジュースでございます。コーヒーは先にお持ちいたしますか、それともあとにお持ちいたしましょうか。

：あとにしてください。

：はい、かしこまりました。それではのちほどご用意いたします。

：失礼いたします。ベーコンエッグでございます。

：失礼いたします。トーストでございます。こちらがバター、こちらがジャムとマーマレイドでございます。お好みでお使いください。

▶関連表現

1. 大変申し訳ございません。急に立て込んでまいりまして…。ご注文を承ります。
2. 恐れ入りますが、ご注文をお受けいたして、よろしゅうございますか。
3. あらためてご注文をお伺いいたしますので、少々お待ちください。
4. 恐れ入りますが、それは私共ではお作りいたしかねます。
5. メニューをお持ちいたしました。料理がこちらのページ、飲み物がこちらのページになっております。どうぞご覧くださいませ。
6. コーヒーはあまり濃くないほうがよろしゅうございますね。はい、かしこまりました。
7. ステーキの焼き具合はレア、ミディアム、ウェルダンがございますが…。
8. こちらのお子様は何になさいますか。私共はお子様ランチも用意してございますが…。

▶文法コラム：特別の尊敬語動詞

普通、動詞の尊敬表現は一定の規則により、形を変えればそれでいい。でも、ある動詞はその尊敬表現が規則がないので、暗記するしか他ならない。

普通語	尊敬語
いる	いらっしゃいます おいでになります
—ている	—ていらっしゃいます
する	なさいます
言う	おっしゃいます
見る	ご覧になります
—てみる	—てご覧になります
聞く	（ーが）お耳に入ります
行く	いらっしゃいます おいでになります
来る	いらっしゃいます おいでになります お見えになります お越しになります
—ていく —てくる	—ていらっしゃいます

普通語	尊敬語
知(し)る 知(し)っている	ご存知(ぞんじ)です
食(た)べる、飲(の)む	召(め)しあがります
着(き)る	お召(め)しになります
寝(ね)る	お休(やす)みになります
くれる	くださいます
—てくれる	—てくださいます

例文(れいぶん)

①先生(せんせい)もこの計画(けいかく)には***反対(はんたい)なさいました***。

(反対(はんたい)しました　→　反対(はんたい)なさいました)

(老師也反對這個計畫。)

②このレポートを***ご覧(らん)になりましたか***。

(見(み)ました　→　ご覧(らん)になりました)

(這份報告您已經看過了嗎?)

③部長(ぶちょう)の***おっしゃった***とおりにしてください。

(言(い)った　→　おっしゃった)

(請照部長所指示的去做。)

④山田教授(やまだきょうじゅ)の住所(じゅうしょ)を***ご存知(ぞんじ)ですか***。

(知(し)っていますか　→　ご存知(ぞんじ)ですか)

（您知道山田教授的地址嗎？）

▶練習問題

次の普通表現を敬語動詞に直してください。

例：先生はどちらへ行きますか。

→　先生はどちらへいらっしゃいますか。

1.吉田様はどちらに住んでいますか。

＿＿＿＿＿＿＿＿＿＿＿＿＿＿＿＿＿＿＿＿＿＿＿＿。

2.先生が「明日試験をする」と言いました。

＿＿＿＿＿＿＿＿＿＿＿＿＿＿＿＿＿＿＿＿＿＿＿＿。

3.課長、この書類をもう見ましたか。

＿＿＿＿＿＿＿＿＿＿＿＿＿＿＿＿＿＿＿＿＿＿＿＿。

4.社長は先週アメリカへ来ました。

＿＿＿＿＿＿＿＿＿＿＿＿＿＿＿＿＿＿＿＿＿＿＿＿。

5.お客様、何を食べますか。

＿＿＿＿＿＿＿＿＿＿＿＿＿＿＿＿＿＿＿＿＿＿＿＿。

6.吉田様の電話番号を知っていますか。

＿＿＿＿＿＿＿＿＿＿＿＿＿＿＿＿＿＿＿＿＿＿＿＿。

7.どうぞ食(た)べてください。

____。

8.この辞書(じしょ)は先生(せんせい)がくれました。

____。

9.失礼(しつれい)ですが、どちらから来(き)ましたか。

____。

10. 井上(いのうえ)さんは暇(ひま)なとき何(なに)をしますか。

____。

二 次(つぎ)の日本語(にほんご)を中国語(ちゅうごくご)に翻訳(ほんやく)してください。

1.請問要點些什麼？

____。

2.很抱歉，早餐是請來賓就A餐或B餐內二者擇一選用的。

____。

3.飲料有蕃茄汁、橘子汁、牛奶等。

____。

4.可依來賓的喜好爲您製作。

____。

5.咖啡是先用呢或是待會兒再送過來呢？

____。

6.待會兒再前來請教您們點什麼菜，可否先請稍候。

____。

7.很抱歉，那道菜我們店裡無法做。

____。

8.牛排的熟度有三分熟、半熟的或是全熟的。

____。

▶練習問題の答え

練習 1

1. 吉田様はどちらに住んでいらっしゃいますか。
2. 先生が「明日試験をする」とおっしゃいました。
3. 課長、このレポートをもうご覧になりましたか。
4. 社長は先週アメリカへいらっしゃいました。
5. お客様、何を召し上がりますか。
6. 吉田様の電話番号をご存知ですか。
7. どうぞ召し上がってください。
8. この辞書は先生がくださいました。
9. 失礼ですが、どちらからいらっしゃいましたか。
10. 井上さんは暇なとき、何をなさいますか。

練習 2

1. ご注文を承ります。
2. 恐れ入りますが、朝はＡ定食とＢ定食の２コースのどちらかをお選びいただきたいです。
3. お飲み物はトマトジュース、オレンジジュース、ミルクがございます。
4. お客様のお好みに合わせてお作りいたします。

5. コーヒーは先にお持ちいたしますか、それともあとにお持ちいたしましょうか。

6. あらためてご注文をお伺いいたしますので、少々お待ちいただけませんでしょうか。

7. 恐れ入りますが、それは私共ではお作りいたしかねます。

8. ステーキの焼き具合はレア、ミディアム、ウェルダンがございます。

第⑤課 點菜

▶會話❶ 商業早餐

：久等了！請問點什麼？

：我想點單點，可以嗎？

：很抱歉，早餐是請來賓就A餐或B餐內二者擇一選用的。

：是嗎？因爲剛起床，並不覺怎麼餓。

：那麼，就選B餐吧！

：B餐有什麼呢？

：請看這邊的菜單。有果汁、咖啡或紅茶、蛋和吐司。

：跟A餐有何不同呢？

：是的，A餐是除B餐有的之外，可另選用麥片或玉米片。

：那麼，B餐好了。

：好的，兩位都B餐是吧！來賓，飲料有蕃茄汁、橘子汁、牛奶等。

：二客鳳梨汁好了。

：好的，二位都是鳳梨汁吧！隨後就到。

：蛋是煮蛋嗎？

：可依來賓的喜好爲您製作，有煎蛋、煮蛋、還有炒蛋等。

：沒有荷包蛋嗎？

：有的，兩位都要培根蛋是嗎？

：是的。

：好的，請稍候。

：讓您久等了，這是鳳梨汁。咖啡是先用呢或是待會兒再送過來呢？

：待會兒好了。

：好的，那麼，待會兒再爲您準備。

：對不起，給您送培根煎蛋來。

：對不起，給您送吐司來。這是奶油，而這邊是果醬和桔子醬，請隨意取用。

▶相關表現

1. 非常抱歉，突然客滿了…，可以點菜了嗎？
2. 很抱歉，可以爲您點菜了嗎？
3. 待會兒再前來爲你們點菜，可否先請稍候。
4. 很抱歉，那道菜我們店裡無法做。
5. 給您送菜單來了，菜餚是在這一頁，飲料則是在這一頁，請過目。
6. 咖啡不要太濃的是吧！好的。
7. 牛排的熟度有三分熟、半熟的及全熟的。
8. 這位小朋友要吃什麼呢？我們也備有兒童餐。

▶単語

重音	假名	漢字	中文
3	こってり		味道濃
3	しょうこうしゅ	紹興酒	紹興酒
2	かちょうしゅ	花雕酒	花雕酒
1	ダース		打
3	すあぶらに	醋油煮	醋燒魚
0	たけのこ	竹の子	竹筍
0	むしに	蒸し煮	蒸、燉
0	だんご	団子	丸子、湯圓
6	くずあんかけ	葛餡掛け	溜…
3	かみつづみあげ	紙包み揚げ	紙包乾炸（雞）
4	スペアリブ		排骨
0	にこみ	煮込み	熬、燉
0	かに	蟹	螃蟹
0	ろうしゅづけ	老酒漬け	泡老酒
4	せんぎり	千切り	切絲
1	ピーマン		青椒
0	ぎゅうにく	牛肉	牛肉
0	いためもの	炒め物	炒菜類
0	たうなぎ	田鰻	鱔魚

重音	假名	漢字	中文
4	あぶらかけ	油掛け	油炒
0	ぶたヒザにく	豚ヒザ肉	豬蹄
2	はまぐり	蛤	文蛤
0	もちごめ	もち米	糯米
3	むしがし	蒸し菓子	蒸點心
3	オードブル		〔四色〕拼盤；開胃菜
3	はくさい	白菜	白菜
0	クリームに	クリーム煮	煮奶油
0	こぶた	子豚	乳豬
0	まるやき	丸焼き	整隻烤
3	フカヒレ	鱶鰭	魚翅
0	ハタ		石斑
3	すがたむし	姿蒸し	清蒸
0	ちょうりば	調理場	廚房

▶会話❶ 中華料理(ちゅうかりょうり)の説明(せつめい) 06-1

：失礼(しつれい)いたします。料理(りょうり)の方(ほう)はもうお決(き)まりでいらっしゃいますか。ご注文(ちゅうもん)をお受(う)けいたします。

：そうですか…。何(なに)がいいかなあ。中華料理(ちゅうかりょうり)はよく分(わ)からないのですが、ここの店(みせ)では何(なに)がおすすめですか。

：私(わたくし)どもでは上海料理(シャンハイりょうり)を得意(とくい)としております。味(あじ)がこってりとしていまして、お客様(きゃくさま)のようなお若(わか)い方(かた)には特(とく)にご好評(こうひょう)をいただいておりますが…。

：そう、そうは言(い)っても料理(りょうり)がたくさんあり過(す)ぎて選(えら)ぶのに困(こま)りますね。

：お客様(きゃくさま)、それでは私(わたし)にお任(ま)かせいただけますか。

：じゃ、そうしてください。

：それでは、まずお飲(の)み物(もの)は中国(ちゅうごく)のお酒(さけ)で紹興酒(しょうこうしゅ)と花雕酒(かちょうしゅ)がございます。それにビール、ウィスキーがございますが…。

：ビールにします。

：それではビールをまず半ダースお持ちいたしましょう。

：そうですね。足りなければ、あとでまたお願いします。

：はい、かしこまりました。前菜は魚の酢油煮、竹の子の蒸し煮をお持ちいたします。お料理はこちらのメニューにございます。海老だんごのくずあんかけ、鶏肉の紙包み揚げ、スペアリブの煮込み、蟹の老酒づけ、三色千切りスープのコースか、ピーマンと牛肉の炒めもの、田うなぎの油かけ、上海蟹、豚ヒザ肉の煮込み、はまぐりと魚のスープはいかがでしょうか。

：初めのコースがいいですね。

：はい、かしこまりました。料理のあとのデザートはもち米の蒸し菓子をお持ちいたしますが、よろしゅうございますね。

：とにかくお任せします。

：はい、かしこまりました。少々お待ちくださいませ。

▶会話❷ 食事中のサービス 06-2

：大変お待たせいたしました。ビールでございます。どうぞお召しあがりくださいませ。こちらがオードブルでございます。お好きなものをお皿に取ってお召しあがりくださいませ。

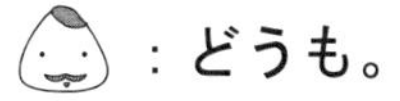

：どうも。

：お料理をお持ちいたしました。海老だんごのくずあんかけと紙包み揚げでございます。お料理を次々とお持ちいたしますので、熱いうちにお皿に取ってお召し上がりくださいませ。

：蟹の老酒漬け、スペアリブの煮込でございます。小皿が足りなくなりましたらお持ちいたしますが、いかがでございますか。

：何とか足りているようです。あとは何が出ますか。

：白菜のクリーム煮と三色千切りスープでございます。それに八宝飯とフルーツでございます。

：あ、そうですか。わかりました。どうもありがとう。

：どうぞごゆっくりお召しあがりくださいませ。

▶関連表現

1. 子豚の丸焼きでございますか。すぐ出来ると存じますが、比較的長い場合もございます。よろしゅうございますか。
2. お客様、誠に申し訳ございませんが、只今あいにくフカヒレが切れてしまっておりますが、ハタの姿蒸しはいかがでございますか。
3. 焼き魚は少々お時間が掛かりますが、よろしゅうございますか。
4. さようでございますか、調理場の方がお作りできるかどうか、ちょっと聞いてまいりますので、少々お待ちくださいませ。

▶文法コラム：尊敬表現の「れる / られる」

受身助動詞の「れる / られる」は尊敬的表現として使われることもあります。特に男性の話、及び新聞、論文、公用文など書き言葉に使われています。しかし、受身表現や可能表現と紛らわしいところがありますので、注意してください。

①高橋教授はいつごろ***帰られます***か。

（帰ります　→　帰られます）

（高橋教授何時回來呢？）

②鈴木知事はあした８時にアメリカへ***出発されます***。

（出発します　→　出発されます）

（鈴木縣長明日八時要出發至美國。）

③社長はあした横浜へ出張に***行かれます***。

（行きます　→　行かれます）

（社長明天要去横濱出差。）

▶練習問題

次(つぎ)の普通表現(ふつうひょうげん)を尊敬表現(そんけいひょうげん)に直(なお)してください。

例：天皇陛下(てんのうへいか)は来月(らいげつ)アメリカを訪問(ほうもん)します。

→　天皇陛下(てんのうへいか)は来月(らいげつ)アメリカを訪問(ほうもん)されます。

1.校長先生(こうちょうせんせい)は何時(なんじ)ごろ戻(もど)りますか。

＿＿＿＿＿＿＿＿＿＿＿＿＿＿＿＿＿＿＿＿＿＿＿＿＿。

2.課長(かちょう)は病気(びょうき)で休(やす)むそうです。

＿＿＿＿＿＿＿＿＿＿＿＿＿＿＿＿＿＿＿＿＿＿＿＿＿。

3.休(やす)みはどちらへ行(い)きますか。

＿＿＿＿＿＿＿＿＿＿＿＿＿＿＿＿＿＿＿＿＿＿＿＿＿。

4.先生(せんせい)はそのように言(い)いました。

＿＿＿＿＿＿＿＿＿＿＿＿＿＿＿＿＿＿＿＿＿＿＿＿＿。

5.ご家族(かぞく)の皆様(みなさま)は日本(にほん)へ行(い)って、どこのホテルに泊(と)まりますか。

＿＿＿＿＿＿＿＿＿＿＿＿＿＿＿＿＿＿＿＿＿＿＿＿＿。

6.部長はこの電話を使いますか。

＿＿＿＿＿＿＿＿＿＿＿＿＿＿＿＿＿＿＿＿＿＿＿＿＿＿＿＿。

7.お客様、ここにお名前を書きます。

＿＿＿＿＿＿＿＿＿＿＿＿＿＿＿＿＿＿＿＿＿＿＿＿＿＿＿＿。

8.アメリカへ出発する人は５番カウンターに並んでください。

＿＿＿＿＿＿＿＿＿＿＿＿＿＿＿＿＿＿＿＿＿＿＿＿＿＿＿＿。

9.あの方は日本語、英語、中国語、フランス語といった４か国語も話します。

＿＿＿＿＿＿＿＿＿＿＿＿＿＿＿＿＿＿＿＿＿＿＿＿＿＿＿＿。

10.田中先生は新しい車を買いました。

＿＿＿＿＿＿＿＿＿＿＿＿＿＿＿＿＿＿＿＿＿＿＿＿＿＿＿＿。

二 次の中国語を日本語に翻訳してください。

1.對不起，菜餚方面已決定好了嗎？

＿＿＿＿＿＿＿＿＿＿＿＿＿＿＿＿＿＿＿＿＿＿＿＿＿＿＿＿。

2.我們擅長上海菜，尤其大受像您們這般年輕的來賓好評！

____。

3.來賓，那麼交給我選配好嗎？。

____。

4.飯後甜點給您送上珍珠糯米包好嗎？

____。

5.菜餚會陸續送上，請趁熱享用。

____。

6.請慢用。

____。

7.來賓，實在抱歉，目前不巧魚翅已經賣光了，清蒸石斑魚如何呢？

____。

8.烤魚要稍微花點時間可以嗎？

____。

▶練習問題の答え

練習 1

1. 校長先生は何時ごろ戻られますか。
2. 課長は病気で休まれるそうです。
3. 休みはどちらへ行かれますか。
4. 先生はそのように言われました。
5. ご家族の皆様は日本へ行って、どこのホテルに泊まられますか。
6. 部長はこの電話を使われますか。
7. お客様、ここにお名前を書かれます。
8. アメリカへ出発される人は５番カウンターに並んでください。
9. あの方は日本語、英語、中国語、フランス語といった４か国語も話されます。
10. 田中先生は新しい車を買われました。

練習 2

1. 恐れ入りますが、料理の方はもうお決まりでいらっしゃいますか。
2. 私どもでは上海料理を得意としております。お客様のようなお若い方には特にご好評をいただいておりますが…。

3. お客様、それでは私にお任かせいただけますか。

4. 料理のあとのデザートはもち米の蒸し菓子をお持ちいたしますが、よろしゅうございますね。

5. お料理を次々とお持ちいたしますので、熱いうちにお召し上がり下さいませ。

6. どうぞごゆっくりお召し上がり下さいませ。

7. 誠に申し訳ございませんが、只今あいにくフカヒレが切れてしまっておりますが、ハタの姿蒸しはいかがでございますか。

8. 焼き魚は少々も、時間が掛かりますが、よろしゅうございますか。

▶會話❶ 中華料理的說明

：對不起，菜餚方面已決定好了嗎？請問點什麼？

：傷腦筋，該點哪種好呢？我對中國菜外行，你們店裡有什麼好吃的菜可推薦呢？

：我們店擅長上海菜，口味濃厚，尤其大受像您們這般年輕來賓的好評！

：是嗎？話說如此，可是菜色太多，眞不知如何選起呢！

：來賓，那麼交給我選配好嗎？。

：那麼，麻煩您了。

：好的，首先飲料是中國酒，有紹興和花雕，另有啤酒、威士忌等。

：啤酒好了。

：那麼先送半打啤酒過來好吧！

：好呀！不夠的話，待會兒再麻煩您送來。

：好的。開胃小菜給您送上醋燒魚、燉筍。主菜嘛，這裡有菜單，有溜蝦球、紙包雞、無錫肉骨頭、醉蟹、三絲湯或者是青椒牛肉、響油鮮糊、上海大閘蟹、紅燒元蹄、三鮮湯等。

：前面的菜色還不錯的樣子。

：好的，飯後甜點給您送上珍珠糯米包好嗎？

：總之您全權處理就行了。

：好的，請稍候。

▶會話❷ 餐中服務

：讓您久等了，先送上啤酒，請飲用。這是四色拚盤，請盛在餐碟上享用。

：謝謝。

：上菜了。溜蝦球和紙包雞，菜餚會陸續送上，請趁熱享用。

：這是醉蟹和無錫肉骨頭，餐碟不夠用的話，我再送上如何？

：好像夠用的樣子，接下來還有什麼菜呢？

：奶油白菜和三絲湯。加上八寶飯和水果。

：這樣子啊！我知道了，謝謝。

：請慢用。

▶相關表現

1.烤乳豬是嗎？我想應該很快即可上菜，但有時也會稍微花點時間，可以嗎？
2.來賓，實在抱歉，目前不巧魚翅已經賣光了，清蒸石斑魚如何呢？
3.烤魚要稍微花點時間可以嗎？
4.是嗎？廚房的師傅是否會做，我去問個究竟，請稍候。

第⑦課 日本料理

▶單語

重音	假名	漢字	中文
0	しゃぶしゃぶ		涮牛肉火鍋
0	まつざか	松坂	松阪
1	こうべ	神戸	神户
1	ワイン		葡萄酒、水果酒
0	てきとう	適当	酌量
0	おとおし	お通し	下酒小菜
0	おつくり	お造り	生魚片（關西用語）
0	まぐろ	鮪	鮪魚
0	いか	烏賊	墨魚、烏賊
1	たい	鯛	鯛魚
1	あわび	鮑	鮑魚
2	きしめん	きし麺	扁麵條
2	フルーツ		水果
1	ネーブル		柳橙
1	メロン		香瓜、哈蜜瓜
4	カレーライス		咖哩飯
5	コーヒーハウス		咖啡屋
5	ローストビーフ		烤牛肉
2	スペシャル		特餐

重音	假名	漢字	中文
5	スモークサーモン		燻鮭魚
2	おつまみ	お摘み	下酒小菜
0	さんま	秋刀魚	秋刀魚
1	ぜひ	是非	務必
0	ヒレ		（豬肉）裡脊肉

▶会話❶ しゃぶしゃぶ 07-1

：いらっしゃいませ。何名様でいらっしゃいますか。

：6人です。

：おタバコはお吸いになりますか。

：ええ。

：かしこまりました。喫煙席へご案内いたします。どうぞこちらへ。

：こちらの席はいかがですか。

：いいですね。

：失礼いたします。こちらが本日のメニューでございます。お決まりになりましたら、お呼びください。

：はい。

：お料理はお決まりでございますか。

：しゃぶしゃぶにしようと思うんですが、ここの肉はどこの肉ですか。

：松阪の肉を使っておりますので、おいしくお召し上がりいただけます。

：神戸の牛肉もおいしいって言いますけど。でもそれでいいです。

：はい、ありがとうございます。それではお飲み物は皆様いかがいたしましょうか。お酒、ビール、ウィスキー、ワインそれにジュースがございますが…。

：ウィスキーとビールを適当に持ってきてください。

：はい、かしこまりました。それではお飲み物にお通しとしゃぶしゃぶの前に何かお造りでもお持ちいたしましょうか。鮪、いか、鯛、あわびなどございますが…。

：鮪でいいです。

：はい、かしこまりました。しゃぶしゃぶはきしめん付きでございます。あとはフルーツですが、ネーブル、メロンがございますけれど、いかがでしょうか。

：メロンにしてください。

：はい、かしこまりました、それではお通しと鮪のお刺身、しゃぶしゃぶが6人前、食後にフルーツでございますね。早速ご用意させていただきます。少々お待ちくださいませ。

▶関連表現

1. 誠に恐れ入りますが、私共の店ではメニューにお載せいたしてございませんが、お客様が是非カレーライスと言われるのでしたら、1 階のコーヒーハウスでサービスさせていただいておりますので、ご案内申しあげますが…。
2. さようでございますね。何かおいしいものでございますか。お客さまの好みもございますので…、こちらのローストビーフなどいかがでございますか。
3. きょうのスペシャルでございますか、さようでございますね…、スモークサーモンのいい品がございますが…。
4. この定食を二人前お願いします。
5. おつまみにお刺身はいかがでしょうか。
6. お料理は以上でございます。ほかに何かご注文はございませんか。
7. 本日のさんまは脂がのっており、お味が最高でございます。是非お召し上がりいただきたいんでございますが…。
8. 本日は海老のいいのがございますから、唐揚げにしてまいりましょうか。
9. お肉でございますか。当店のヒレは特におすすめです。

▶文法コラム：依頼や願いの尊敬表現

普通形	普通の依頼表現	尊敬の依頼表現
待つ	待ってください	**お待ちください**
掛ける	掛けてください	**お掛けください**
遠慮する	遠慮してください	**ご遠慮ください**
指導する	指導してください	**ご指導ください**

例文

①奥様によろしく***お伝えください***。

（伝えてください　→　お伝えください）

（請幫我向尊夫人問好。）

②少々***お待ちください***。

（待ってください　→　お待ちください）

（請稍等一會。）

③ご質問がありましたら、遠慮なく***ご連絡ください***。

（連絡してください　→　ご連絡ください）

（有任何問題請別客氣與我連絡。）

④この新しい産品（さんぴん）の使（つか）い方（かた）を***ご説明（せつめい）ください***。

（説明（せつめい）してください　→　ご説明（せつめい）ください）

（請説明這個新產品的使用方法。）

▶練習問題

次(つぎ)の普通表現(ふつうひょうげん)を尊敬表現(そんけいひょうげん)に直(なお)してください。

例：傘(かさ)を貸(か)してください。

→　傘(かさ)をお貸(か)しください。

1.お客様(きゃくさま)、ここにお名前(なまえ)と住所(じゅうしょ)を書(か)いてください。

＿＿＿＿＿＿＿＿＿＿＿＿＿＿＿＿＿＿＿＿。

2.早(はや)めに、お客様(きゃくさま)と連絡(れんらく)してください。

＿＿＿＿＿＿＿＿＿＿＿＿＿＿＿＿＿＿＿＿。

3.田中教授(たなかきょうじゅ)、論文(ろんぶん)の書(か)き方(かた)を指導(しどう)してくださいませんか。

＿＿＿＿＿＿＿＿＿＿＿＿＿＿＿＿＿＿＿＿。

4.しらばくここで待(ま)ってください。

＿＿＿＿＿＿＿＿＿＿＿＿＿＿＿＿＿＿＿＿。

5.分(わ)からないところがあったら、遠慮(えんりょ)なく質問(しつもん)してください。

＿＿＿＿＿＿＿＿＿＿＿＿＿＿＿＿＿＿＿＿。

6.日本(にほん)に到着(とうちゃく)したらすぐ電話(でんわ)で知(し)らせてください。

____。

7.明日(あした)の会議(かいぎ)は関係者(かんけいしゃ)は必(かなら)ず出席(しゅっせき)してください。

____。

8.返事(へんじ)が遅(おく)れて、許(ゆる)してください。

____。

9.奥様(おくさま)によろしく伝(つた)えてください。

____。

10. どうぞ入(はい)ってください。

____。

二 次(つぎ)の中国語(ちゅうごくご)を日本語(にほんご)に翻訳(ほんやく)してください。

1.爲您帶位至吸菸席，請往這邊。

____。

2.若決定好了，請叫我。

____。

3.飲料之外，在涮牛肉火鍋主菜前幫您拿份下酒小菜如何？

____。

4.這就立刻去準備，請稍待。

____。

5.我要這定食 2 人份。

____。

6.下酒小菜來份生魚片，您覺得如何？

____。

7.您的菜都上齊了，請問還要點其他的嗎？

____。

8.今天的秋刀魚很肥美，風味絕佳，請您務必品嚐。

____。

▶練習問題の答え

練習 1

1.お客様、ここにお名前と住所をお書きください。

2.早めに、お客様とご連絡ください。

3.田中教授、論文の書き方をご指導くださいませんか。

4.しばらくここでお待ちください。

5.分からないところがあったら、遠慮なくご質問ください。

6.日本に到着したらすぐ電話でお知らせください。

7.明日の会議は関係者は必ずご出席ください。

8.返事が遅れて、お許しください。

9.奥様によろしくお伝えください。

10. どうぞお入りください。

練習 2

1.喫煙席へご案内いたします。どうぞこちらへ。

2.お決まりになりましたら、お呼びください。

3.お飲み物にお通しとしゃぶしゃぶの前に何かお造りでもお持ちいたしましょうか。

4.早速ご用意させていただきます。少々待ちくださいませ。

5.この定食を二人前お願いします。

6.おつまみにお刺身はいかがでしょうか。

7.お料理は以上でございます。ほかに何かご注文はございませんか。

8.本日のさんまは脂がのっており、お味が最高でございます。是非お召し上がりいただきたいんです。

▶會話❶ 日式火鍋

：歡迎光臨，請問幾位？

：6個人。

：請問有吸菸嗎？

：有的。

：好的，爲您帶位至吸菸席，請往這邊。

：這邊的座位合適嗎？

：可以。

：打擾了，這是今日的菜單，若決定好了，請叫我。

：好的。

：請問決定點菜了嗎？

：我想點涮牛肉火鍋，請問您們用的是哪裡的牛肉呢？

：是用松阪的牛肉，蠻好吃的。

：據說神户的牛肉也很好吃，那麼就松阪的牛肉好了。

：好的，謝謝。那…飲料方面，各位是要選…？我們有日本清酒、啤酒、威士忌、葡萄酒、另外還有果汁等…。

：請酌量送些威士忌和啤酒來。

：好的，飲料之外，在涮牛肉火鍋正菜前幫您拿份下酒小菜如何，我們店裡有鮪魚、墨魚、鯛魚、鮑魚等…。

：鮪魚好了。

：好的，涮牛肉火鍋另附有扁麵條可享用，飯後有水果，有柳橙或哈蜜瓜等您要選哪一種呢？

：請給我們哈蜜瓜。

：好的，那麼小菜和鮪魚生魚片、涮牛肉各6人份，飯後還有水果。這就立刻去準備，請稍待。

▶相關表現

1. 實在抱歉，我們店裡菜單上沒這道菜，來賓您若是非得要咖哩飯的話，那麼我可帶您至一樓的咖啡廳去。
2. 這個嘛！說是美味的東西…，這也看來賓之各種喜好而定，您覺得這道烤牛肉如何呢？
3. 今天的特餐是嗎？這個嘛…，有上選的烤鮭魚如何呢？
4. 我要這定食 2 人份。
5. 下酒小菜來份生魚片，您覺得如何？
6. 您的菜都上齊了，請問還要點其他的嗎？
7. 今天的秋刀魚很肥，風味絕佳，請您務必品嚐…。
8. 今天有很不錯的蝦子，是否爲您炸上一客呢？
9. 肉類是嗎？特別推薦本店的裡脊肉。

▶単語

重音	假名	漢字	中文
3	なべりょうり	鍋料理	火鍋
0	おかん	お燗	溫酒
4	いけどり	生け捕り	活捉
1	しゅんぎく	春菊	茼蒿菜
0	うどん	饂飩	蕎麥麵
1	そば	蕎麦	油麵
0	おつぎ	お注ぎ	斟酒
0	じまん	自慢	引以爲傲
0	ボルシチ		紅甜菜肉湯
5	グリーンサラダ		生菜沙拉
0	ロールパン		麵包捲
3	ソーダすい	ソーダ水	蘇打水
5	ヌードルシチュー		燜雞蛋掛麵
1	このみ	木の実	核桃
5	パウンドケーキ		重油蛋糕
5	オレンジムース		橘子泡沫果凍
1	タルト		奶油水果餡餅
0	おしだし		燙青菜
5	ものたりない	物足りない	不足

重音	假名	漢字	中文
3	はなずし	花寿司	什錦壽司
4	しょきっぱらい	暑気っ払い	消暑
5	せんそうゼリー	仙草ゼリー	仙草蜜
5	あいぎょくゼリー	愛玉ゼリー	愛玉凍
3	ブイヤベース		法式海鮮鍋
3	しろワイン	白ワイン	白酒
0	ヒラメさし	ヒラメ刺し	比目魚片
1	シャーベット		冰糕
0	さんま	秋刀魚	秋刀魚
0	もりあわせ	盛り合わせ	拼盤
0	いっぴん	逸品	珍品
1	プディング		布丁
0	おおかた	大方	大家
0	もちかえりよう	持ち帰り用	外帶用
5	パックづめ	パック詰め	盒裝

▶会話❶ 料理の進め I 08-1

：失礼いたします。お味はいかがでございますか。

：寒い時は鍋料理がいいね。おいしいよ。

：ありがとうございます。お客様、お酒の方はいかがでございましょうか。あと5、6本お燗にいたしましょうか。

：そうね。5本ほど、持ってきて。

：はい、かしこまりました。鍋の方はこれで足りますか、いかがでしょう。ただいま届いた生け捕りの蟹やイカなどがございますが、野菜の方も春菊を少しお持ちいたしましょうか。

：そうね。それぞれ2人前持ってきて。

：はい、かしこまりました。2人前でございますね。

：お待たせいたしました。どうぞ。
お客様、最後にうどんとおそばはいかがでしょうか。

：そうね。もう少ししてから持ってきて。

：はい、かしこまりました。その頃を見計ってお持ちいたします。
お注ぎいたします。前を失礼いたします。
あっ、スープが少ないようですね。すぐ用意してまいります。

▶会話❷ 料理の進めII 08-2

：お客様は私共のお店は初めてでございますか。

：そう。

：それでは当店自慢のボルシチはいかがでしょうか。

：どうしょうか。

：こちらのメニューをごらんください。ボルシチとグリーンサラダ、それにロールパンとコーヒーはいかがでしょうか。
お飲み物はコーヒーの他に紅茶、ソーダ水もございますが…。

：そうね。じゃあ、ヌードルシチューとサラダ、あとコーヒーにするわ。

：はい、かしこまりました。

：お待たせいたしました。熱いうちに、お召し上がりくださいませ。

：失礼いたします。お水をお足しいたします。料理のお味はいかがでしょうか。お客様、まだデザートのご注文を伺っておりませんが…。
当店特製の木の実のパウンドケーキ、オレンジムース、アップルパイ、それにタルトがございますが…。

：そう、じゃあ、アップルパイにオレンジムースをもらうわ。

：はい、かしこまりました。

▶関連表現

1. お客様、お飲み物ですが、せっかく三人様でおいでいただきましたので、ワインはいかがでしょうか。
2. おしだしはお付きいたしましょうか。あっさりしていて、お口に合うと存じます。
3. そちらだけでは少々もの足りないと存じますが、花寿司でもお持ちいたしましょうか。
4. 暑気払いにはこちらの仙草ゼリーか愛玉ゼリーが最適でございま。
5. ブイヤベースを召し上がるのでしたら、白ワインなどがお口に合うと存じますが、いかがでございますか。
6. このメニューは最近よく召し上がっていただけるようになりました。お客様はいかがでございますか。
7. お客様はお腹があまりお空きではございませんでしたら、広東風粥でも召しあがりますか。
8. 本日のひらめ刺は生きがございまして、お気に召されますと存じますが…。
9. せっかくでございます。デザ-トをお召し上がりになりませんか。当店自慢のシャーベットがございますが…。
10. せっかくのお祝いでもございますし、お料理もひとつ景気よく刺身の盛り合わせはいかがでしょうか。
11. こちらは本日のスペシャル逸品でございますが…。
12. 私共の特製プディングは大方からのご好評をいただいており、それにお持ちかえりようのパック詰めもございますが、いかがでございましょうか。

▶文法コラム：一般動詞の謙譲表現

一般動詞の謙譲表現は次のように、三つのパターンがあります。

普通形	謙譲形 1	謙譲形 2	謙譲形 3
願う	お願い***します***	お願い***いたします***	お願い***申し上げます***
待つ	お待ち***します***	お待ち***いたします***	お待ち***申し上げます***
案内する	ご案内***します***	ご案内***いたします***	ご案内***申し上げます***
検討する	ご検討***します***	ご検討***いたします***	ご検討***申し上げます***

例文

①これ、***お願いします***。

（願います　→　お願いします）

（這個就麻煩您了。）

②先生、ちょっと***お話ししたい***ことがあります。

（話したい　→　お話ししたい）

（老師，有事想要跟您說。）

③お客様、***ご案内いたします***。どうぞこちらへ。

（案内します　→　ご案内いたします）

（客人、由我來引導您過去，請往這邊走。）

④今度の旅行は三人のお客さまを無料で***ご招待いたします***。

（招待します　→　ご招待いたします）

（本次旅行將免費招待三位客人。）

⑤貴下にはますますご清栄のことと***お祈り申し上げます***。

（祈ります　→　お祈り申し上げます）

（祈願您日益健康幸福。）

▶練習問題

次の普通表現を謙譲表現に直してください。

例：重そうですね。持ちましょうか。

→　重そうですね。お持ちしましょうか。

→　重そうですね。お持ちいたしましょうか。

1.先生のご指導に対して、深く感謝します。

______________________________。

______________________________。

2.紹介します。こちらは東京商事の高村さんです。

______________________________。

______________________________。

3.部長、私はちょっと話したいことがあります。

______________________________。

______________________________。

4.「この仕事、手伝いましょうか」「ありがとうございます」。

______________________________。

______________________________。

5. 新しい資料を手に入れたら、すぐ知らせます。

。

。

6.「お客様、会場まで案内します。どうぞ、こちらへ」

。

。

7.「雨が降っていますね。傘を貸しましょうか。」「どうもすみません。」

。

。

8. 今度の仕事は時間の制限で、断ります。

。

。

三 次の中国語を日本語に直してください。

1. 火鍋的菜色這些夠嗎？

。

2.有現撈的生猛螃蟹和墨魚等如何呢？還有青菜方面是否再給您送些茼蒿來呢？

＿＿＿＿＿＿＿＿＿＿＿＿＿＿＿＿＿＿＿＿＿＿＿＿。

3.屆時酌量再給您送過來好了。

＿＿＿＿＿＿＿＿＿＿＿＿＿＿＿＿＿＿＿＿＿＿＿＿。

4.我給您斟酒。

＿＿＿＿＿＿＿＿＿＿＿＿＿＿＿＿＿＿＿＿＿＿＿＿。

5.來賓是初次光臨本店嗎？

＿＿＿＿＿＿＿＿＿＿＿＿＿＿＿＿＿＿＿＿＿＿＿＿。

6.我向您推薦本店拿手的紅甜菜肉湯。

＿＿＿＿＿＿＿＿＿＿＿＿＿＿＿＿＿＿＿＿＿＿＿＿。

7.對不起，給您加水。

＿＿＿＿＿＿＿＿＿＿＿＿＿＿＿＿＿＿＿＿＿＿＿＿。

8.來賓，還沒請教您要用什麼甜點呢？

＿＿＿＿＿＿＿＿＿＿＿＿＿＿＿＿＿＿＿＿＿＿＿＿。

練習問題の答え

練習 1

1. 先生のご指導に対して、深くご感謝します。

   先生のご指導に対して、深くご感謝いたします。

2. ご紹介します。こちらは東京商事の高村さんです。

   ご紹介いたします。こちらは東京商事の高村さんです。

3. 部長、私はちょっとお話ししたいことがあります。

   部長、私はちょっとお話しいたしたいことがあります。

4. 「この仕事、お手伝いしましょうか。」「ありがとうございます。」

   「この仕事、お手伝いいたしましょうか。」「ありがとうございます。」

5. 新しい資料を手に入れたら、すぐお知らしせます。

   新しい資料を手に入れたら、すぐお知らせいたします。

6. 「お客様、会場までご案内します。どうぞ、こちらへ。」

   「お客様、会場までご案内いたします。どうぞ、こちらへ。」

7. 「雨が降っていますね。傘をお貸ししましょうか。」「どうもすみません。」

   「雨が降っていますね。傘をお貸しいたしましょうか。」「どうもすみません。」

8. 今度の仕事は時間の制限で、お断りします。

今度の仕事は時間の制限で、お断りいたします。

練習 2

1. 鍋の方はこれで足りますか、いかがでしょう。

2. ただいま、届いた生け捕りの蟹やイカなどがございますが、

野菜の方も春菊を少しお持ちいたしましょうか。

3. その頃を見計ってお持ちいたします。

4. お注ぎいたします。

5. お客様は私共のお店は初めてでございますか。

6. 当店自慢のボルシチはいかがでしょうか。

7. 失礼いたします。お水をお足しいたします。

8. お客様まだデザートのご注文を伺っておりませんが…。

第8課 菜餚推薦1

▶會話❶ 餐點推薦1

：對不起，請問合您的胃口嗎？

：天氣冷時，火鍋是最好的啦，蠻好吃的。

：謝謝。來賓，請問酒要不要再給您溫個5、6瓶過來呢？

：好呀！再送5瓶來。

：好的。火鍋的菜色這些夠嗎？有現撈的生猛螃蟹和墨魚等如何呢？還有青菜方面是否再給您送些茼蒿來呢？

：這個嘛！各送2人份來好了。

：好的，是2人份吧！

：久等了，請用。

來賓，最後要不要烏龍麵或蕎麥麵呢？

：嗯…，待會兒再送來吧！

：好的，屆時酌量再給您送過來好了。來，我給您斟酒，對不起，打從前面來。啊！湯似乎變少了，我去多送點來。

▶會話❷ 餐點推薦2

：來賓是初次光臨本店嗎？

：是的。

：那麼，我向您推薦本店拿手的紅甜菜肉湯。

：嗯…。

：請看這邊的菜單，您可點紅甜菜肉湯和生菜沙拉，加上麵包捲、咖啡如何呢？飲料除咖啡之外，也有紅茶、蘇打水等。

：嗯，我就點這個。
我要燜雞蛋掛麵和沙拉、還有咖啡。

：好的。

：久等了。請趁熱享用。

：對不起，給您加水，菜餚口味如何呢？
來賓，還沒請教您要用什麼甜點呢？本店有特製的核桃蛋糕，橘子泡沫果凍、蘋果派還有奶油水果餡餅。

：嗯…，那麼，給我們蘋果派和橘子泡沫果凍好了。

：好的。

▶相關表現

1.來賓，飲料如何呢？難得3位一道大駕光臨，來點葡萄酒您意下如何？
2.要附上燙青菜嗎？燙青菜味道清淡想必合您胃口。
3.光是那幾道菜，我看是有點不夠，是否給您送上什錦壽司捲來呢？
4.消暑而言，這邊的仙草蜜或愛玉凍想必最合適吧！
5.來賓您吃法式海鮮鍋的話，白葡萄酒應該很對味，您意下如何？
6.這份菜色最近很受歡迎，來賓您意下如何？
7.來賓您如果不怎麼餓的話，是否來一客廣東粥呢？
8.今天的比目魚片很生鮮，您一定會喜歡的，是否…。
9.難得大駕光臨，不享用甜點嗎？本店有特製的冰糕不知您…。
10.既然是難得的慶祝會，菜色方面也來上一道錦上添花的生魚片拚盤如何？
11.這是今天的特別菜色中的絕品菜…。
12.本店特製的布丁頗受來賓讚賞，另有可外帶用的禮盒裝，來賓是否也要點上一道呢？

第9課 食事中のサービス１

▶単語

重音	假名	漢字	中文
0	よせなべ	寄せ鍋	什錦火鍋
1	セット		擺設
2	タレ		佐料
3	さっぱり		清淡
0	ごまダレ		芝麻糊，芝麻醬
2	スパイス		辛香調味料
3	つよめる	強める	加大、增強
2	にたつ	煮立つ	沸騰
0	ポンず	ポン酢	橙香酸醋
3	のこり	残り	剩下
1	ぐ	具	（加在湯，炒飯裡的）配料
0	かたい	堅い	硬的
1	はし	箸	筷子
1	カクテル		雞尾酒
2	おかわり	おかわり	再來1碗
2	さげる	下げる	收回去
0	はなしちゅう	話し中	談話中
3	てふき	手拭き	擦手巾
0	はいざら	灰皿	菸灰缸

重音	假名	漢字	中文
0	とりかえる	取り替える	更換
0	おこさまよう	お子様用	小孩專用
3	ハイチェア		高椅子
1	なにより	何より	最好
4	とびはねる	飛び跳ねる	濺起

▶会話❶ 鍋のサービス 09-1

：お待たせいたしました。寄せ鍋の肉と野菜です。恐れ入りますが、鍋のセットをさせていただいてもよろしゅうございますか。

：どうぞ、どうぞ。

：失礼いたします。こちらのタレがさっぱりした味のポン酢、こちらがごまダレでございますので、お客様のお好きなお味でお召し上がりください。これはスパイスですので、これも適当にタレの中にお入れください。

：どう食べるのかな。

：はい、ご説明させていただきます。お客様、火を強めておきましたので、すぐ煮たってまいります。残りの具はかたいものから鍋にお入れください。スープが煮たってまいりましたら、こちらの肉や野菜を箸で取っていただき、スープの中にさっとお通しください。あとはこちらにあるタレにつけて召し上がっていただければよろしゅうございますが…。

：ああ、そうですか。

：私が、お手伝いいたしますので、どうぞご安心ください。

：お客様、スープが煮たってまいりました。そちらのお客様、お取りいたしましたので、どうぞお召し上がりください。

：ありがとう、おいしいね。

：お隣の方もどうぞ。

（少しして）

：お客様、恐れ入りますが、あとは皆様でお召し上がりください。何か足りないようでございましたら、お申しつけください。

▶関連表現

1. カクテルかお飲み物をお持ちいたしましょうか。
2. すぐおかわりをお持ちいたしますから、こちらをお下げいたします。
3. お話中、恐れ入りますが、お手拭きをお取りくださいませ。
4. 灰皿をお取替えさせていただきます。
5. お子様用のハイチェアをお持ちいたしましょうか。
6. お客さま、恐れ入りますが、もう少し前にお進みくださいませ。
7. こちらお下げしてもよろしゅうございますか。
8. こちらのお味はいかがでございますか。さようでございますか。お気に召して何よりでございます。どうぞごゆっくりくださいませ。
9. 油が少々飛び跳ねますので、お気を付けてくださいませ。

▶文法コラム：特別の謙譲語動詞

特別尊敬動詞と同じで、日本語の謙譲動詞の表現には規則的なものもあれば、規則のないものもあります。この課では規則のない「特別の謙譲語動詞」を紹介します。

普通語	謙譲語
います	おります
—ています	—ております
します	いたします
言います	申します 申しあげます
見ます	拝見します
聞きます	伺います、 承りします、 拝聴します
会います	お目にかかる
行きます	参ります、伺います
来ます	参ります、伺います
—ていきます —てきます	—てまいります
訪ねます／訪問します	伺います／上がります
思います	存じます

普通語	謙譲語
分(わ)かります	承知(しょうち)します かしこまります
知(し)ります 知(し)っています	存(ぞん)じます 存(ぞん)じています／存(ぞん)じております
食(た)べます、飲(の)みます	いただきます、頂戴(ちょうたい)します
借(か)ります	拝借(はいしゃく)します
あげます	差(さ)し上(あ)げます
—てあげます	—て差(さ)し上(あ)げます
もらいます	いただきます
—てもらいます	—ていただきます

例文(れいぶん)

①私(わたし)は台北(たいぺい)に***住(す)んでおります***。

（住(す)んでいます → 住(す)んでおります）

（我住在台北。）

②これはお父様(とうさま)に***差(さ)し上(あ)げたいです***。

（あげたい → 差(さ)し上(あ)げたい）

（這個是想獻給父親。）

③「お名前(なまえ)は？」「田中(たなか)と***申(もう)します***」。

(言(い)います → 申(もう)します)

（請問尊姓大名？敝姓田中。）

④私(わたし)は来週(らいしゅう)出張(しゅっちょう)で日本(にほん)へ***参(まい)ります***。

(行(い)きます → 参(まい)ります)

（我下週出差要去日本。）

▶練習問題

次の普通表現を謙譲表現に直してください。

例：母はただいま家にいません。

→　母はただいま家におりません。

1.A:「もう一杯いかがですか。」

B:「ありがとうございます。食べます。」

____。

2.これはお父さんに対して、大切な宝物だと思います。

____。

3.姉は日系の貿易会社に勤めています。

____。

4.私はヨーロッパから来ました。

____。

5.先生、ちょっと聞きたいことがありますが、よろしいでしょうか。

____。

6. 私(わたし)は日本商事(にほんしょうじ)の田中(たなか)と言(い)いますが、営業部(えいぎょうぶ)の田中部長(たなかぶちょう)はいらっしゃいますか。

____。

7. 私(わたし)はこのネックレスをお母様(かあさま)にあげます。

____。

8.「田中教授(たなかきょうじゅ)の電話番号(でんわばんごう)をご存知(ぞんじ)ですか。」「いいえ、知(し)りません」

____。

9.これは川崎先生(かわさきせんせい)からもらいました。

____。

10. 会(あ)ってうれしいです。

____。

次(つぎ)の中国語(ちゅうごくご)を日本語(にほんご)に翻訳(ほんやく)してください。

1.很抱歉，容我擺設火鍋及餐具好嗎？

____。

2.這個醬汁是清淡口味的橙香酸醋，而這邊的是芝麻糊醬，請來賓依照喜歡的口味，隨意取用。

____。

3.由我爲大家說明。

____。

4.我會爲各位服務，請放心。

____。

5.有任何不夠的，請儘管吩咐。

____。

6.立刻給您送上新的過來，這個我收回去了。

____。

7.對不起打斷各位談話，請用擦手巾。

____。

8.油會濺起，請留心。

____。

▶練習問題の答え

練習 1

1. A:「もう一杯いかがですか。」
   B:「ありがとうございます。いただきます。」

2. これはお父さんに対して、大切な宝物だと存じます。

3. 姉は日系の貿易会社に勤めております。

4. 私はヨーロッパから参りました。

5. 先生、ちょっと伺いたいことがありますが、よろしいでしょうか。

6. 私は日本商事の田中と申しますが、営業部の田中部長はいらっしゃいますか。

7. 私はこのネックレスをお母様に差し上げます。

8. 「田中教授の電話番号をご存知ですか。」「いいえ、存じません。」

9. これは川崎先生からいただきました。

10. お目にかかってうれしいです。

練習 2

1. 恐れ入りますが、鍋のセットをさせていただいてもよろしゅうございますか。

2. こちらのタレがさっぱりした味のポンズ、こちらがごまダレでございますので、お客様のお好きなお味でもお召し上がりくださいませ。

3. ご説明させていただきます。

4. 私はお手伝いいたしますので、どうぞご安心くださいませ。

5. 何か足りないようでございましたら、お申しつけくださいませ。

6. すぐおかわりをお持ちいたしますから、こちらをお下げいたします。

7. お話中恐れ入りますが、お手拭きをお取りくださいませ。

8. 油が少々飛び跳ねますので、お気を付けてくださいませ。

▶會話❶ 火鍋服務

：久等了。送上涮涮鍋的肉和青菜。很抱歉，容我擺設火鍋餐具好嗎？

：請便！

：失禮了，這個醬汁是清淡口味的橙香酸醋，而這邊的是芝麻糊醬，請來賓依照喜歡的口味隨意取用。
這是辛香調味品，也可以適量調放於醬汁中佐用。

：這該怎麼吃呢？

：好的，由我爲大家說明。來賓，火勢已開大，菜馬上可煮熟，剩下的材料可從較粗硬的先下鍋。湯煮開了時，可用筷子夾起肉片或青菜，輕輕在熱湯中川燙一會兒，之後即可沾上這邊的佐醬汁食用即可。

：喔！原來如此。

：我會爲各位服務，請放心。

：來賓，湯已煮開了。那邊的來賓，我爲您服務，請用吧！

：謝謝。很好吃嘛！

：鄰座的來賓，您也請用！
（過了一會兒）

：諸位來賓，很抱歉，隨後請各位慢用，有任何不夠的，請儘管吩咐。

▶相關表現

1.是否爲您送雞尾酒或飲料過來呢？
2.立刻給您送上新的過來，這個我收回去了。
3.對不起，打斷各位談話，請用擦手巾。
4.容我更換一下菸灰缸。
5.要我爲您送小孩專用的高腳椅過來嗎？
6.來賓，很抱歉，請稍往前靠桌子坐好嗎？
7.這道菜是否容我收回呢？
8.這道菜的味道如何呢？是嗎？能合您口味眞是好極了。請慢用！
9.油會濺起，請留心！

第⑩課 食事中のサービス 2

▶単語

重音	假名	漢字	中文
4	ペキンダック	北京ダック	北京板鴨
2	クレープ		縐紗
0	うすもち	薄餅	薄餅
0	テンメンジャン		甜麵醬
1	ベース		基礎
5	まんべんなく	満遍なく	四處
0	きれにく	切れ肉	切肉片
0	ねぎ	葱	蔥
1	きゅうり	胡瓜	黄瓜
1	さゆう	左右	左右
0	キツメ		緊緊的
3	まきこむ	巻き込む	捲起來
0	おりまげる	折り曲げる	折起、捲起
0	仕上げ	しあげ	最後加工
4	てづかみ	手づかみ	手抓
0	なるほど		原來如此
0	はるまき	春巻き	春捲
2	ほね	骨	骨頭
1	さんしき	三式	三吃

重音	假名	漢字	中文
0	とうちゅうかそうむしやき	冬虫夏草蒸し焼き	蟲草蒸的食物
1	そろそろ		就要；不久
0	でんぴょう	伝票	帳單
1	めいわく	迷惑	困擾
2	くれぐれ		懇切的，再三的
4	おとなしい	大人しい	聽話
0	やけど		燙傷
2	けが	怪我	受傷

▶会話❶ 北京ダックの食べ方の紹介 10-1

：大変お待たせいたしました。北京ダックでございます。

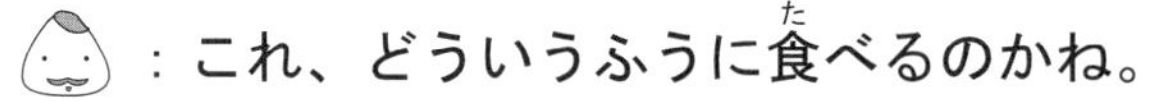
：これ、どういうふうに食べるのかね。

：まず、このクレープの薄餅を手のひらに広げ、先に甜麺醤ベースのタレをまんべんなく塗ります。その上にダックの切れ肉、細切りきゅうり、ネギなどをのせていきます。それから、具をのせた薄餅を左右からキツメに巻き込みます。仕上げに薄餅の下の方から 1/4 ほど上に向けて折り曲げるとできあがります。召し上がる時は手づかみでよろしゅうございます。

：なるほど、春巻みたいなんだ、早速私も一つやってみるか。

：皮だけ北京ダックで召し上がっていただいて、お肉のほうは他の料理とスープにそれぞれ使わせていただいておりますよ。これは北京ダック三式という料理でございます。

：いろいろ勉強になりました。ありがとう。

（しばらく経って）

：失礼いたします。お茶のサービスです。

：あ、どうも。

：こちらはお済みですか、お下げいたします。

：お願いします。

：ただいま確かめてまいりましたが、まな鰹の冬虫夏草蒸し焼きが、そろそろ出来上がります。もうしばらくお待ちください。

（すこし経って）

：お待たせいたしました。まな鰹の冬虫夏草蒸し焼きをお持ちいたしました。

お料理はこちらで終りでございますが、あとはフルーツだけです。

：わかりました。

▶関連表現

1. お薬でございますか。すぐお水をお持ちいたします。
2. 伝票はこちらにお置きいたしておきますので、どうぞごゆっくり。
3. お恐れ入りますが、ここは熱いものを運びますので、奥の方へどうぞ。
4. どうぞ新しいフォークをお使いくださいませ、失礼いたしました。
5. はい、何かお呼びでございますか。
6. 恐れ入りますが、他のお客様のご迷惑になりますので、静かにしていただけますよう、よろしくお願いいたします。
7. 熱いお料理なども運びますので、やけどや怪我をなさらないかと心配です。くれぐれも小さいお子様はご家族のもとを離れて一人歩かないよう、お願いいたします。

▶文法コラム：謙譲の恩恵表現

相手から恩恵を受ける場合に使われる謙譲表現は「お（ご）－いただく」で表す。

普通形	普通の恩恵表現	謙譲の恩恵表現
教える	教えてもらう	お教えいただく
買う	買ってもらう	お買いいただく
指導する	指導していただく	ご指導いただく
案内する	案内していただく	ご案内いただく

例文

①この旨を課長に***お伝えいただけませんか***。

（伝えていただけませんか　→　お伝えいただけませんか）

（可否將這意思轉達給課長呢？）

②***ご検討いただければ***、幸いに存じます。

（検討していただければ　→　ご検討いただければ）

（若能承蒙您的審核實感榮幸。）

▶練習問題

次の下線の普通表現を尊敬表現に直してください。

例：この旨を課長に伝えてもらえませんか。

→　この旨を課長にお伝えいただけませんか。

1.この間いろいろと教えてもらいまして感謝いたします。

____。

2.何かご意見がありましたら、連絡してもらえば、幸いです。

____。

3.今度の工事は協力していただきまして、ありがとうございました。

____。

4.この試験問題は田中教授に指導していただきました。

____。

5.ちょっと待ってもらえばすぐお返しします。

____。

6.以上は私の説明ですが、分かってもらえば幸いだと思います。

______________________________。

7.今度の研修会に興味を持っている皆さんは参加していただきたいと思います。

______________________________。

8.これまでの説明は了承してもらえたものだと思います。

______________________________。

二 次の中国語を日本語に直してください。

1.讓您久等了，送上北京烤鴨。

______________________________。

2.打擾了，給您送茶來。

______________________________。

3.這道菜這位客人已經用完了嗎？請容我收走。

______________________________。

4.方才去確認過了，蟲草蒸鯧魚就要上菜了，請稍待片刻。

____。

5.菜餚到此全部上桌了，接下來就剩水果了。

____。

6.您要吃藥是嗎？我立刻給您送水來。

____。

7.來賓，請問有何吩咐呢？

____。

8.很抱歉，因爲會妨礙到其他來賓，麻煩請您讓您的寵物安靜些好嗎？

____。

▶練習問題の答え

練習 1

1. この間いろいろとお教えいただきまして感謝いたします。

2. 何かご意見がありましたら、ご連絡いただければ幸いです。

3. 今度の工事はご協力いただきまして、ありがとうございました。

4. この試験問題は田中 教 授にご指導いただきました。

5. ちょっとお待ちいただければすぐお返しします。

6. 以上は私の説明ですが、お分かりいただければ幸いだと思います。

7. 今度の研修会に興味を持っている皆さんはご参加いただきたいと思います。

8. これまでの説明はご了承いただけたものだと思います。

練習 2

1. 大変お待たせいたしました。北京ダックでございます。

2. 失礼いたします。お茶のサービスです。

3. こちらはお客様がお済みになりましたか、ちょっとお下げさせていただきます。

4. ただいま確かめてまいりましたが、まな 鰹 の冬虫夏草蒸し焼きは、もうそろそろ出来上がりますから、しばらくお待ちください。

5. お料理はこちらで終りでございますが、あとはフルーツだけになってしまいますが…。

6. お薬でございますか。すぐお水をお持ちいたします。

7. はい、何かお呼びでございますか。

8. 恐れ入りますが、他のお客様のご迷惑になりますので、おとなしくしていただけますようよろしくお願いいたします。

▶會話❶ 北京烤鴨吃法介紹

：讓您久等了，送上北京烤鴨。

：這該怎麼吃呢？

：首先將薄餅在手掌中展開，先將以甜麵醬爲基底的佐料塗滿薄餅，而後再將烤鴨肉片、切成細絲的黃瓜、蔥等擺在薄餅的上面。然後將盛上配料的薄餅從左右方緊緊的捲起來，最後一道程序便是將薄餅下方 1/4 處向上層層捲起就行了。享用時用手抓著吃即可。

：原來如此，像春捲般就是了。我也要趕快做一個試試！

：光是皮可以北平烤鴨式吃法來食用，而肉較多的部分可做其它菜色享用，多骨頭部分亦可挪做羹湯。這就是所謂的北京烤鴨三吃。

：見識了不少，眞是謝啦！

（過了一會兒）

：打擾了，給您送茶來。

：啊！多謝。

：這道菜這位客人已經用完了嗎？請容我收走。

：麻煩您了。

：方才去確認過了，蟲草蒸鯧魚就要上菜了，請稍待片刻。

（過了一會兒）

：讓您久等了，送上蟲草蒸鯧魚，菜餚到此全部上桌了，接下來就剩水果了。

：好的。

▶相關表現

1. 您要吃藥是嗎？我立刻給您送水來。
2. 賬單擺在這兒，請慢用。
3. 很抱歉，要從此處上菜，請靠裡面坐。
4. 請用新刀叉，抱歉。
5. 來賓，請問有何吩咐呢？
6. 很抱歉，因爲會妨礙到其他來賓，麻煩請您讓您的寵物安靜些好嗎？
7. 因爲得送上滾燙的菜餚，我擔心您的小孩會燙傷或受傷什麼的，懇請莫讓您的孩子離開您身邊獨自走動好嗎？

▶単語

重音	假名	漢字	中文
0	かいけい	会計	會計
3	げんきん	現金	現金
3	しはらう	支払う	付款
3	かんじょう	勘定	結帳
0	カウンター		櫃台
1	まんぞく	満足	滿意
1	せわ	世話	照顧
2	たのむ	頼む	拜託
5	とういつコード	統一コード	統一編號
0	おかえし	お返し	找（錢）
0	りょうしゅうしょ	領収書	收
4	わりびきけん	割引券	折價券
5	ポイントカード		點數卡
2	きたる	来たる	下個……
3	たべほうだい	食べ放題	吃到飽
0	かいてん	開店	開店
5	しゅうねんまつり	週年祭り	周年慶
0	かいさいする	開催する	舉辦
6	さそいあわせ	誘い合わせ	相邀結伴

重音	假名	漢字	中文
3	コーヒーけん	コーヒー券	咖啡點券
1	どんどん		盡量
2	ためる	溜める	收集
2	テザイン		設計
1	マッチ		火柴

▶会話❶ 現金で支払う 11-1

：すみません。

：はい、何でしょうか。

：そろそろ帰りますが、どこで支払えばいいですか。

：ありがとうございます。お勘定はカウンターのほうでお願いいたします。本日は私共のサービスにご満足いただけましたでしょうか。

：ええ、大変お世話になりました。

：さようでございますか。

：これでお願いします。

：はい、かしこまりました。伝票をお願いします。全部で２４００円になります。それから、統一コードは、必要ですか。

：ええ、お願いします。

：番号をお願いします。

：02989748 です。

：はい、かしこまりました。02989748 でございますね。お支払いは現金(げんきん)になさいますか、カードになさいますか。

：現金(げんきん)です。はい、3000円(さんぜんえん)。

：3000円(さんぜんえん)お預(あず)かりいたします。少々(しょうしょう)お待(ま)ちくださいませ。

：大変(たいへん)お待(ま)たせいたしました。６００円(ろっぴゃくえん)のお返(かえ)しでございます。どうぞお確(たし)かめくださいませ。こちらが領収書(りょうしゅうしょ)です。今日(きょう)は本当(ほんとう)にありがとうございました。お帰(かえ)りはお気(き)をつけください。またどうぞお越(こ)しください。

▶関連用法

1. 割引券は使えますか。
2. 本日は皆様でお越しいただきましてありがとうございました。来月からメニューが変りますのでお楽しみくださいませ。
3. ５００円ちょうどいただきます。ありがとうございます。
4. ポイントカードはお持ちでございますか。
5. 来たる8 月 15 日 から食べ放題の開店週年祭りを開催いたします。どうぞ皆様お誘い合わせでいらっしゃってくださいませ。
6. 1500 円のお返しでございます。お確かめくださいませ。ありがとうございました。こちらはコーヒー券です。五枚おためになりますと無料でコーヒーをお楽しみいただけます。
7. こちらは新しいデザインのマッチでございます。お使いください。またどうぞお越しくださいませ。

▶文法コラム：依頼の謙譲表現：お（ご）－願います

普通形	普通の依頼表現	謙譲の依頼表現
返す	返してください	お返し願います
話す	話してください	お話し願います
指摘する	指摘してください	ご指摘願います
容赦する	容赦してください	ご容赦願います

例文

①何か分からないところがあったら、***お知らせ願います***。

(知らせてください　→　お知らせ願います)

（若有什麼不懂的地方，麻煩請告知。）

②試験は来週の水曜日に行われます。***ご注意願います***。

(注意してください　→　ご注意願います)

（下星期三要舉行考試，麻煩請注意。）

▶練習問題

次の普通表現を依頼の謙譲表現に直してください。

例：何か分からないところがあったら、知らせてください。

→　何か分からないところがあったら、お知らせ願います。

1. 試験の時間は午前の９時から午後３時までですから、注意してください。

______________________________。

2. この工事の担当者は午後２時に会議室に集まってください。

______________________________。

3. このたびの旅行はいろいろな名所を案内してください。

______________________________。

4. 使った辞書を早く返してください。

______________________________。

5. 資料の調べについて協力してください。

______________________________。

6.何か失礼なことがございましたら、どうぞ容赦してください。

________________________________。

7.この論文では何か不十分なところがあったら、指摘してください。

________________________________。

8.異常なところを発見された人はすぐ私に話してください。

________________________________。

二 次の中国語を日本語に直してください。

1.請在櫃台那邊結帳。

________________________________。

2.今天您還滿意我們的服務嗎？

________________________________。

3.請給我帳單。全部是2400日圓。

________________________________。

4.需要打統一編號嗎？

______________________________。

5.請問用現金還是信用卡支付？

______________________________。

6.找您 600 日圓，請點收。

______________________________。

7.回家路上請多加小心，歡迎再次光臨。

______________________________。

8.剛好收您 500 日圓，謝謝您。

______________________________。

▶練習問題の答え

練習 1

1. 試験の時間は午前の９時から午後 3 時までですから、ご注意願います。
2. この工事の担当者は午後２時に会議室にお集まり願います。
3. このたびの旅行はいろいろな名所をご案内願います。
4. 使った辞書を早くお返し願います。
5. 資料の調べについてご協力願います。
6. 何か失礼なことがございましたら、どうぞご容赦願います。
7. この論文では何か不十分なところがあったら、ご指摘願います。
8. 異常なところを発見された人はすぐ私にお話し願います。

練習 2

1. お勘定はカウンターの方でお願いいたします。
2. 本日は私共のサービスはご満足いただけましたでしようか。
3. 伝票をお願いします。全部で２４００円になります。
4. 統一コードは、必要ですか。
5. お支払いは現金になさいますか、カードになさいますか。

6. ６００円のお返しでございます。どうぞお確かめくださいませ。

7. お帰りはお気をつけください。またどうぞお越しください。

8. ５００円ちょうどいただきます。ありがとうございます。

▶會話❶ 現金支付

：不好意思。

：是的，有什麼事呢？

：差不多該走了，要在哪兒結帳？

：謝謝您的光臨。請在櫃台那邊結帳。今天您還滿意我們的服務嗎？

：嗯，眞是謝謝你們。

：這樣子啊！

：這個，有勞你們了。

：好的，請給我帳單。全部是2400日圓。另外，需要打統一編號嗎？

：需要，麻煩您了。

：請告訴我號碼。

：02989748。

：好的，02989748是嗎？請問用現金還是信用卡支付呢？

：現金，這裡是3000日圓。

：收您3000日圓，請稍候。

：讓您久等了，找您600日圓，請點收。這是收據，今天實在感謝各位光臨，回家路上請多小心，歡迎再度光臨。

▶相關表現

1. 能使用折價券嗎？
2. 今天非常感謝各位大駕光臨。下個月起菜色將有所更新，請期待！
3. 剛好收您 500 日圓，謝謝您。
4. 請問有帶點數卡嗎？
5. 自 8 月 15 日起將舉辦暢食至飽的周年慶，請各位相邀結伴蒞臨指教。
6. 1500 日圓找您。請點收，謝謝惠顧。這是咖啡優待券，集 5 張可免費享用咖啡 1 杯，請儘量收集。
7. 這是新設計款式的火柴，請取用。歡迎下次再度光臨指教。

第⑫課　お会計 2

▶単語

重音	假名	漢字	中文
6	クレジットカード		信用卡
0	べつべつ	別々	各自
0	ちょうだい		領受「もらう的謙讓語」
0	とりあつかう	取り扱う	受理
1	サイン		簽名
3	ひかえ	控え	對帳單
2	レシート		收據
2	ながらく	長らく	長久
1	ちょうり	調理	烹調
3	ゆるし	許し	包涵
1	こんど	今度	下次
0	わすれもの	忘れ物	遺忘隨身物品
0	おあずかりもの	お預り物	存放物品
2	クローク		保管櫃台
0	たちより	立ち寄り	到、去
0	せいさん	清算	結帳
0	ようし	用紙	指定用紙、表格
4	ルームナンバー		房間號碼

▶会話❶ クレジットカードで支払(しはら)う 12-1

：お会計(かいけい)をお願(ねが)いします。

：入口(いりぐち)のところがレジカウンターになっておりますので、あちらでお願(ねが)いいたします。ご案内(あんない)いたします。どうぞ。

：こちらでございます。

：申(もう)し訳(わけ)ございませんが、お部屋(へや)番号(ばんごう)を確認(かくにん)させていただいてよろしいでしょうか。

：二階(にかい)の「菊(きく)の間(ま)」です。

：二階(にかい)の「菊(きく)の間(ま)」でございますね。はい、かしこまりました。伝票(でんぴょう)をお願(ねが)いします。

：お支払(しはら)いはご一緒(いっしょ)ですか、それとも別々(べつべつ)になさいますか。

：一緒(いっしょ)でお願(ねが)いします。

：お支払(しはら)いは現金(げんきん)になさいますか、カードになさいますか。

：カードです。

：はい、かしこまりました。申(もう)し訳(わけ)ございませんが、当店(とうてん)ではサービス料(りょう)として10(じゅっ)%ちょうだいしております。

：そうですか。分かりました。

：先にカードをお預かりします。申し訳ございませんが、こちらのカードは当店では取り扱っておりません。他のカードをお持ちではございませんか。

：そうですか、じゃ、この、JCB カードが使えますか。

：はい。少々お待ちくださいませ。
こちらにサインをお願いいたします。

：はい。

：カードをお返しいたします。こちらがカードの控えとレシートです。どうもありがとうございました。長らくお待たせいたしまして申し訳ございませんでした。またお越しくださいませ。

▶関連表現

1. 申し訳ございませんでした。調理の方によく伝えておきますので、今日はどうぞお許しくださいませ。今度ご来店いただく時にはきっとご満足いただけるようにいたしますので、よろしくお願いいいたします。ありがとうございました。
2. こちらは会計伝票でございます。お支払いはあちらでお願いいたします。お忘れものをなさらないようにお願いいたします。今日は本当にありがとうございました。
3. お預かり物はクロークのほうへお立寄りくださいませ。お車のご用意はよろしゅうございますか。今日はどうもありがとうございました。みなさま、どうぞお気をつけてお帰りくださいませ。
4. こちら様がお部屋の方といっしょにご清算いただけたいんですが、よろしいでしょうか。
5. はい、お客様お手数ですが、こちらの用紙にお客様のサインとルームナンバーをお書きいただけませんか。

▶文法コラム：敬語の可能表現

目上の人に「－ができますか」と聞くのは大変失礼なことです。ですから、敬語表現ではそのような「－ができますか」と直接に聞かないで「お（ご）－になれます」または「お（ご）－いただけます」を使います。

例文

①先生、こちらのペンは***お使いになれますか***。

（使うことができますか→お使いになれます。）

（老師我能夠使用這裡的筆嗎？）

②このコーナーの本はご自由に***お持ちいただけます***。

（持つことができますか→お持ちいただけます。）

（這個角落的書能夠自由帶走。）

▶練習問題

次(つぎ)の普通表現(ふつうひょうげん)を敬語(けいご)の可能表現(かのうひょうげん)に直(なお)してください。

1. 先生(せんせい)、進学問題(しんがくもんだい)について相談(そうだん)できますか。

　______________________________。

2. このホテルは一ヶ月間(いっかげつかん)から予約(よやく)できます。

　______________________________。

3. この電話(でんわ)は国際電話(こくさいでんわ)を掛(か)けることができます。

　______________________________。

4. この相談室(そうだんしつ)は誰(だれ)でも使(つか)うことができます。

　______________________________。

5. 日程(にってい)が決(き)まったら、いつでも連絡(れんらく)することができます。

　______________________________。

6. 社長(しゃちょう)、車(くるま)の用意(ようい)ができますから、いつでも出発(しゅっぱつ)することができます。

　______________________________。

7.この論文（ろんぶん）を指導（しどう）することができれば、幸（さいわ）いだと存（ぞん）じます。

________________________________。

8.先生（せんせい）、この語学（ごがく）の専門書（せんもんしょ）を貸（か）すことができますか。

________________________________。

二 次（つぎ）の日本語（にほんご）を中国語（ちゅうごくご）に翻訳（ほんやく）してください。

1.很抱歉，跟您先確認一下房間號碼。

________________________________。

2.請給我帳單。

________________________________。

3.請問是一起付款或是分開付款？

________________________________。

4.請問用現金還是信用卡支付？

________________________________。

5.不好意思，本店會收 10% 的服務費。

________________________________。

6.很抱歉，這張卡片本店無法使用，請問有帶別張信用卡嗎？

____。

7.請在這裡簽名。

____。

8.這是卡片的對帳單和收據。

____。

▶練習問題の答え

練習 1

1. 先生、進学問題についてご相談いただけますか。
2. このホテルは一ヶ月前からご予約いただけます。
3. この電話は国際電話をお掛けいただけます。
4. この相談室は誰でもお使いいただけます。
5. 日程が決まったら、いつでもご連絡いただけます。
6. 社長、車の用意ができますから、いつでもご出発いただけます。
7. この論文をご指導いただければ、幸いだと存じます。
8. 先生、この語学の専門書をお貸しいただけますか。

練習 2

1. 申し訳ございませんが、お部屋番号を確認させていただいてよろしいでしょうか。
2. 伝票をお願いします。
3. お支払いはご一緒ですか、それとも別々になさいますか。
4. お支払いは現金になさいますか、カードになさいますか。
5. 申し訳ございませんが、当店ではサービス料として10％ちょうだいしております。

6. 申し訳ございませんが、こちらのカードは当店では取り扱っておりません。他のカードをお持ちではございませんか。

7. こちらにサインをお願いいたします。

8. こちらがカードの控えとレシートです。

▶會話❶ 以信用卡支付

：買單。

：收銀櫃台是在入口處，請在那邊買單好嗎？我來帶路，請！

：就是這裡。

：很抱歉，跟您先確認一下房間號碼。

：在 2 樓的「菊之間」。

：是 2 樓的「菊之間」嗎？好的，請給我帳單。

：請問是一起付款或是分開付款？

：一起就可以了。

：請問用現金還是信用卡支付？

：信用卡。

：好的，不好意思，本店會收 10% 的服務費。

：這樣子啊！知道了。

：先收您信用卡。很抱歉，這張卡片本店無法使用，請問有帶別張信用卡嗎？

：這樣啊，這張 JCB 卡可以用嗎？

：可以的，請稍待一下。請在這裡簽名。

：好的。

：還您卡片，這是卡片的對帳單和收據。
非常感謝您，讓您等候那麼久的時間，實在抱歉，歡迎再度光臨。

▶相關表現

1. 非常抱歉，我一定好好轉達您的意見給廚師，今天請多包涵，下次大駕光臨時，一定盡力令您滿意，請多指教。謝謝您。
2. 這是帳單，請在那邊結帳，請不要遺忘隨身物品，謝謝您今日的光臨。
3. 存放物品請至保管櫃台領取。不用叫車是嗎？今天非常感謝大駕光臨，回家請小心。
4. 這位來賓想跟房間費一起結算，可以嗎？
5. 好的，來賓。麻煩您在這張表格內填入您的大名及房間號碼。

第⑬課　苦情処理 I

▶単語

重音	假名	漢字	中文
1	サンプル		樣本
2	イメージ		印象
0	あらかじめ	予め	事先
0	りょうしょう	了承	諒解
5	ビーフステーキ		牛排
0	にくしつ	肉質	肉質
0	やきかた	焼き方	燒烤方式
0	とりかえる	取り替える	更換
3	がいする	害する	傷害
1	ぎょうざ	餃子	水餃
3	かみのけ	髪の毛	頭髮
4	サービスけん	サービス券	優待券
2	ふかい	不快	不愉快
0	げんじゅう	厳重	嚴加
1	けんさ	検査	檢查
0	もりつけ	盛り付け	配膳、盛裝
4	かさねがさね	重ね重ね	再三
0	おそん	汚損	污損
3	ていれ	手入れ	處理

重音	假名	漢字	中文
2	はれやか	晴れやか	舒暢、興緻盎然
0	クリーニングだい	クリーニング代	洗衣費
1	ミーティング		會議
0	よっぱらい	酔っぱらい	醉漢
1	かんじ	幹事	幹事
3	じゅうぎょういん	従業員	員工
0	なにぶん	何分	只是因爲、請
0	せっきゃく	接客	接待客人
2	なれ	馴れ	習慣、熟悉
0	ふたたび	再び	再度
0	かんとく	監督	監督
4	ふゆきとどき	不行き届き	不周到

▶会話❶ 料理の内容がサンプルと違う 13-1

：お待たせいたしました。海老をお持ちいたします。

：ちょっと、この店サンプルと違うね。サンプルの海老の方がずっと大きいじゃないか。

：申し訳ございません。写真はイメージです。実際の商品とはちょっと異なる場合がございますので、どうぞご了承ください。また、あらかじめ説明が不十分で、申し訳ございませんでした。この海老は少し小さめですが、味は最高ですよ。どうぞ召し上がってみてください。

▶会話❷ ステーキの焼き方が違うとき 13-2

：お待たせいたしました。ビーフステーキでございます。

：えっ、レアって言ったのに、焼き方聞いたよね。

：申し訳ございません。ご注文を確認させていただきます。ご注文の品は何でございましたか。

：レアのビーフステーキなんですよ。

：大変失礼いたしました。ただいまお取替えさせたいただきます。

：長らくお待たせして申し訳ございません。ご迷惑をおかけいたしましたので、お客様の注文された分のお代はサービスさせていただきます。

▶会話③ 料理に異物が入っていた　13-3

：お待たせいたしました。餃子でございます。

：えっ、この餃子、髪の毛が入っているよ。

：大変申し訳ございません。失礼いたしました。

（早速髪の毛の入った料理を下げる）

（暫くして、サービス券などを差し出しながら）

：ご不快な思いをさせて申し訳ございませんでした。さっそく厳重注意いたしましたので…。

：今後はこんなことがないようにね。

：はい、これから、調理はもちろん、盛り付けの際ももっとよく気をつけるようにいたします。

▶関連表現

【場面 1】衣服汚損のとき

1. 恐れ入ります。どうぞおしぼりをお使いください。
2. お手入れ方法が分かりませんので、水だけにしておきましょうか。
3. きょう初めてお召しに？申し訳ございません。晴れやかなお気持をこんな事で…。
4. お金には変えられないと存じますが、何とかまたお召しになれるようにさせていただきたいと存じますが…。

【場面 2】お客様が酔っ払いで騒いでいるとき

誠に申し訳ありません。他の客様には迷惑ですから、よろしかったら、あちらにいいお席をご用意いたしましたので、ご気分を替えてお移りになってはいかがでしょうか。

【場面 3】事情を解釈するとき

申し訳ごさいません。ご迷惑をおかけいたしました。ミーティングではお客様の追加注文は幹事さんから 承 るように申しつけておりますのですが…。しかし当店の従業員はなにぶんにも接客馴れいたしておりません。お客様から「いいから出せ」と再び言われますということを聞いてしまいまして…、私の監督不行き届きでございます。

▶文法コラム：－（さ）せていただく

「－（さ）せていただく」という文型は大体次の三つの場面に使われています。

①相手の許しを得る

風邪を引いたので、あした休ませていただいてもよろしいでしょうか。

（因為感冒了請允許我明日請假。）

②「相手のおかげで－できた」という謙譲表現です。

今日は楽しい一日を過ごさせていただきます。

（您今日讓我過了快樂的一天。）

③自分の行為を丁寧に言う表現

ご協力にお礼を述べさせていただきます。

（對於您的幫忙容我致上謝意。）

▶練習問題

下線(かせん)のところを「―（さ）せていただく」の言(い)い方(かた)に直(なお)してください。

1.拝見(はいけん)してもよろしいですか。

＿＿＿＿＿＿＿＿＿＿＿＿＿＿＿＿＿＿＿＿＿＿＿＿。

2.ちょっとここに傘(かさ)をおきたいんですが、よろしいでしょうか。

＿＿＿＿＿＿＿＿＿＿＿＿＿＿＿＿＿＿＿＿＿＿＿＿。

3.来月(らいげつ)、社内(しゃない)を見学(けんがく)したら、ありがたいと存(ぞん)じます。

＿＿＿＿＿＿＿＿＿＿＿＿＿＿＿＿＿＿＿＿＿＿＿＿。

4.この研究(けんきゅう)テーマは是非(ぜひ)私(わたし)にやっていただきたい。

＿＿＿＿＿＿＿＿＿＿＿＿＿＿＿＿＿＿＿＿＿＿＿＿。

5.お願(ねが)いがありますが、三日間(みっかかん)休(やす)みを取(と)ってもいいですか。

＿＿＿＿＿＿＿＿＿＿＿＿＿＿＿＿＿＿＿＿＿＿＿＿。

6.おかげさまで、今日(きょう)は大変(たいへん)勉強(べんきょう)しました。

＿＿＿＿＿＿＿＿＿＿＿＿＿＿＿＿＿＿＿＿＿＿＿＿。

7.今日(きょう)はこれで失礼(しつれい)します。

＿＿＿＿＿＿＿＿＿＿＿＿＿＿＿＿＿＿＿＿＿＿＿＿。

8.申し訳(もうわけ)ございませんが、このコンピューターを使(つか)えますか。

____。

次(つぎ)の中国語(ちゅうごくご)を日本語(にほんご)に翻訳(ほんやく)してください。

1.一開始並未對您説明清楚，十分抱歉。

____。

2.非常失禮，現在馬上幫您換。

____。

3.對不起，造成您的不偷快！我們立刻嚴加追查。

____。

4.今後烹調上就不必說了，裝盤時亦會更加留意。

____。

5.抱歉，請用手巾擦拭。

____。

6.都是我的監督不周。

____。

▶練習問題の答え

練習 1

1. 拝見させてもよろしいですか。
2. ちょっとここに傘をおかせていただきたいんですが、よろしいでしょうか。
3. 来月、社内を見学させていただいたら、ありがたいと存じます。
4. この研究テーマは是非 私 にやらせていただきたい。
5. お願いがありますが、三日間休みを取らせていただいてもいいですか。
6. おかげさまで、今日は大変勉強させていただきました。
7. 今日はこれで失礼させていただきます。
8. 申し訳ございませんが、このコンピューターを使わせていただけますか。

練習 2

1. あらかじめ説明が不十分で、申し訳ございません。
2. 大変失礼いたしました。ただいまお取替えさせたいただきます。
3. ご不快にさせまして申し訳ございません。さっそく厳重チェックいたします

4. これから、調理はもちろん、盛り付けの際ももっとよく気をつけるようにいたします。

5. 恐れ入ります。どうぞおしぼりをお使いください。

6. 私の監督不行き届きでございます。

第⑬課 抱怨處理 1

▶會話❶ 實物與樣品不同時

：讓您久等了，爲您送上蝦子。

：喂！你過來一下，這蝦子跟餐廳櫥窗樣品不同喲，樣品中的蝦子可不是大多了嗎？

：很抱歉，照片只是個意象，與實際的商品有時會稍有不同，請務必諒解。而且一開始並未對您說明清楚，十分抱歉。但這蝦子雖然小了些，可是風味絕佳，請嚐嚐看。

▶會話❷ 牛排烤法有違時

：久等了，送上您所點的牛排。

：怎麼一回事？明明跟您說是要三分熟的，而且你也問過要烤幾分熟的…。

：很抱歉，請先讓我確認您的餐點，請問您點的是什麼？

：是三分熟的牛排。

：非常失禮，現在馬上幫您換。

：讓您久等，眞是抱歉。因爲害客人您心情變壞，因此今日您點餐的費用將免費。

▶會話❸ 菜餚内有異物時

：久等了，您的水餃。

：咦，這顆水餃裡面好像有頭髮？

：十分抱歉！眞是失禮了！

（立刻將掉有頭髮的菜餚撤走）

〔過一會兒後遞上折價券等〕

：對不起，造成您不偷快！我們立刻嚴加追查。

：今後可要多注意點！

：好的，今後烹調上就不必説了，裝盤時亦會更加留意。

▶常用關鍵句

【場面 1】弄髒客人衣物時

1. 抱歉，請用手巾擦拭。
2. 因爲不懂得處理方法，是否請您先用水泡一下！
3. 今天是第一次穿是嗎？很抱歉！這般情事破壞您愉快的心情…。
4. 我想也不能以金錢替代，是否容我想辦法讓您仍能穿好嗎？

【場面 2】客人醉酒喧囂時

實在抱歉，因爲會吵到其它來賓，可以的話，我已在那邊準備有好席位，請各位移個位置，轉換個氣氛好嗎？

【場面 3】事後補救解釋時

很抱歉，給您添麻煩，此宴會的追加餐點，雖已交待過需聽從主辦者指示才可追加…。可是本店的服務人員等還不懂待客技巧，客人一再說「沒關係，送上來」就照辦了…。都是我的監督不周。

▶単語

重音	假名	漢字	中文
0	さしつかえる	差し支える	妨礙
0	ようす	様子	情況
2	もどす	戻す	嘔吐
1	しいたけ	椎茸	香菇
3	ねっとり		黏糊糊的
2	いたむ	傷む	腐壞的
2	おそらく	恐らく	恐怕
1	まんがいち	万が一	萬一
1	とうてん	当店	本店
3	もちこむ	持ち込む	帶進來
0	えんりょ	遠慮	謝絕
1	ようしゃ	容赦	饒恕
3	ことわる	断る	拒絕
1	わざわざ		特地
2	めだつ	目立つ	醒目
0	いやき	嫌気	反感
3	くつろぐ	寛ぐ	舒適
0	きけん	危険	危險
0	きょうしゅく	恐縮	誠惶誠恐

重音	假名	漢字	中文
6	こころにとめる	心に止める	留心
0	ごにち	後日	日後
0	しゅうぜん	修繕	修繕

▶会話❶ 食事（しょくじ）のあと、体（からだ）の具合（ぐあい）が悪（わる）くなったとき　14-1

：もしもし、お宅（たく）で食事（しょくじ）したら気持（きも）ちが悪（わる）くなっだんだけど。

：お差（さ）し支（つか）えなければ、ご様子（ようす）を？

：もどしちゃって、大変（たいへん）なんですよ。

：申（もう）し訳（わけ）ございません。とにかくぜひ病院（びょういん）へ行（い）っていただきたいと存（ぞん）じます。もしよろしければ、こちらから病院（びょういん）にお連（つ）れいたしましょうか。

▶会話❷ 料理の味が変なとき 14-2

：ねえ、このお寿司なんか変だと思わない。

：そうだね、僕もこの椎茸なんかねっとりした感じでまさか傷んでいるのかも…。

：いま調べましたところ、大丈夫だと思われるのですが、万が一のこともありますので、すぐに、作り直します。

：お待たせいたしました。お寿司でございます。ご迷惑をお掛けいたしまして、重ね重ねお詫び申し上げます。二度とこのようなことが起こらないように、全職員に徹底いたします。

▶ 会話❸ お客様(きゃくさま)が勝手(かって)に食べ物(もの)を持(も)ち込(こ)んだとき 14-3

店員：すみません。当店(とうてん)ではどなた様(さま)にもお持(も)ち込(こ)みはご遠慮願(えんりょねが)っておりますので、ご容赦(ようしゃ)いただきたいんですが…。

客：でも、せっかく持(も)ってきたのに…。

店員：恐(おそ)れ入(い)ります、たいへん申(もう)し上(あ)げにくいのですが、どうしてもお持(も)ち込(こ)みになる場合(ばあい)は、お持(も)ち込(こ)み料(りょう)をいただく規定(きてい)になっておりまして…。

客：そうですか。

店員：本来(ほんらい)はお断(ことわ)りするのですが、佐藤様(さとうさま)は特別(とくべつ)なお客様(きゃくさま)ですから、お断(ことわ)りするわけにもまいりません。今日(きょう)のところは結構(けっこう)でございます。どうぞ他(ほか)のお客様(きゃくさま)に目立(めだ)たないようにお願(ねが)いいたします。

客：どうもありがとう。

▶関連表現

【場面1】ご相席を進めるときに、嫌気を買った場合

誠に申し訳ございませんでした。またどうぞご来店くださいませ。この次はぜひゆっくりとおくつろぎいただけますように気をつけます。

【場面2】不注意でお客さんの持ち品を壊したとき

1. 恐れ入りますが、お直しいただきました分、お支払いいたします。後日、お手数ですが、その領収書をお持ちいただけますでしょうか。
2. すみません、こんな大事なものを…。どうぞ、コーヒーのお代わりをなさってください。

【場面3】お客様または子供が騒いで店のものを壊そうとしているとき

1. 恐れ入ります。何かと危険もございますので、お席をお離れにならないようになにとぞお願いします。
2. せっかく楽しみのところ、誠に恐縮ですが、じつはちょっとお目に止めていただいたほうがよろしいかと存じまして…。
3. たいへん申し上げにくいんですが、後日 改 めてご相談させていただきます。よろしいでしょうか。
4. すみません（お子様には罪はございません。〕修繕ができますかどうかわりませんが、多少ご負担をおかけしてもよろしいでしょうか。

▶文法コラム：敬語の誤用

敬語を用いる場合は次のようなことに注意してください。。

①二重敬語を使わないこと。

例：

（×）お客様がお待ちになられています。

（○）お客さんがお待ちになっていらっしゃいます。

②尊敬語と謙譲語との混用。

例：

（×）（お客様に）メニューを拝見してください。

（○）（お客様に）メニューをご覧になってください。

（×）（お客様に）どうぞごゆっくりいただいてください。

（○）（お客様に）どうぞごゆっくり召し上がってください。

③社内の者を社外の人に対して言う場合は、その人が目上の人でも尊敬語を用いません。

例：

（×）（来客に）田中部長は出張されていますが…。

（○）（来客に）田中部長は出張しておりますが…。

▶練習問題

次の敬語表現を正しい表現に直してください。

1.これは先生が日本でお求めになられたものです。

____。

2.お疲れでしょうから、先にお休みしてください。

____。

3.これは得意様からもらったプレゼントです。

____。

4.部長がお戻りになられたときに、お知らせください。

____。

5.会長は来月日本へ参る予定です。

____。

6.この時間に関しては先生がもう存じているはずです。

____。

7.先生がそう申しました。ゆっくりお休みになってください。

____。

次(つぎ)の中国語(ちゅうごくご)を日本語(にほんご)に翻訳(ほんやく)してください。

1. 是否可請教目前情況如何呢？

______________________________。

2. 造成您的麻煩再一次致上歉意。

______________________________。

3. 全體員工一定會徹底地避免再次發生同樣的問題。

______________________________。

4. 本店對任何來賓一律謝絕外帶入内，懇請包涵。

______________________________。

5. 若無論如何一定要帶酒進來的話，本店規定要收取開瓶費。

______________________________。

6. 佐藤先生您又是特別的來賓，萬無拒絕您的道理。

______________________________。

7. 實在很抱歉，請再次光臨，下次一定留意爲您安排一個可以輕鬆進餐的好位子。

______________________________。

8.很抱歉，因爲危險，請不要讓小孩離座好嗎？

____。

▶練習問題の答え

練習1

1. これは先生が日本でお求めになったものです。
2. お疲れでしょうから、先にお休みになってください。
3. これは得意様からもいただいたプレゼントです。
4. 部長がお戻りになったときに、お知らせください。
5. 会長は来月日本へいらっしゃる予定です。
6. この時間に関しては先生がもうご存知のはずです。
7. 先生がそうおっしゃいました。ゆっくりお休みになってください。

練習2

1. お差し支えなければ、ご様子を？
2. ご迷惑をお掛けいたしまして、重ね重ねお詫び申し上げます。
3. 二度とこのようなことが起こらないように、全職員に徹底いたします。
4. 当店ではどなた様にもお持ち込みはご遠慮願っておりますので、ご容赦いただきたいんですが…。
5. どうしてもお持ち込みになりましたら、当店ではお持ち込み料をいただく規定になっております。

6. 佐藤様は特別なお客様ですから、お断りするわけにはまいりません。今日のところは結構でございます。

7. 誠に申し訳ございませんでした。またどうぞご来店くださいませ。この次はぜひゆっくりとおくつろぎいただけますように気をつけます。

8. 恐れ入ります。何かと危険もございますので、お席をお離れにならないようになにとぞお願いします。

▶會話❶ 用餐後抱怨身體不適時

：喂喂！在你們店裡用過餐後，身體就變得不舒服了！

：是否可以請教目前情況如何呢？

：吐得一塌糊塗，糟透了。

：非常抱歉，總之請先前往醫院就診，可以的話是否由我們載送前往呢？

▶會話❷ 餐品變味時

：喂！這個壽司等的不覺得怪怪的嗎？

：就是嘛！我也覺得這個香菇黏黏的，難道說就連腐壞的東西也送上桌嗎？

：剛剛檢視的結果大致良好，但只怕萬一，我立刻爲您重新換過，抱歉。

：讓您久等了，再次送上壽司。造成您的麻煩再次致上歉意。全體員工一定會徹底地檢討不會再發生同樣的問題。

▶會話❸ 客人私自帶食物入內時

：對不起，本店對任何來賓一律謝絕外帶入內，懇請包涵。

：但我還是特地帶來的耶。

：眞不好意思開口，若無論如何一定要帶酒進來的話，本店規定要收取開瓶費…。

：是這樣啊！

：照理是應回絕的，但佐藤先生您又是特別的貴賓，萬無拒絕您的道理。今天就算了，是否可請您不要驚動其它客人悄悄地享用好嗎？

：非常感謝。

▶相關表現

【場面 1】勸導來賓併桌而引起反感時

實在很抱歉，請再次光臨，下次一定會留意爲您安排得以輕鬆進餐的好位子。

【場面 2】不小心損壞來賓物品時

1. 很抱歉，修理費由我們支付，改天麻煩您將修理費用收據帶來請款好嗎？
2. 很抱歉，這麼貴重的東西給…。請再用杯咖啡！

【場面 3】來賓或小孩喧鬧等損壞店物時

1. 很抱歉，因爲很危險，請不要讓小孩離座好嗎？
2. 難得各位很盡興，實在抱歉，請關注一下小孩好嗎？
3. 實在難以啓齒，改天再特意去請教賠償問題好嗎？
4. 對不起（小孩不知不爲過），這東西不知是否還可修得好，目前也不清楚，是否可以請您多少賠償部分費用呢？

附録① 標準美食菜單

▶ 中華料理

北方菜	
中文	日文
燻雞	燻製(くんせい)の 鶏(にわとり)
蔥爆牛肉	ねぎと牛肉(ぎゅうにく)を塩味(しおあじ)で炒(いた)めたもの
軟炸裡脊肉	豚肩(ぶたかた)ロース肉(にく)の炒(いた)めもの
北京烤鴨	北京(ぺきん)ダック
京醬肉絲	鶏(にわとり) くんせい肉(にく)の炒(いた)めもの
鮮豌豆雞絲	さやえんどうの小(ちい)さい豆(まめ)と鶏(にわとり)ささみ肉(にく)の炒(いた)めもの
醬爆核桃雞（木須肉）	鶏肉(とりにく)と卵(たまご)の炒(いた)めもの
炸明蝦段	エビのチリソース炒(いた)め
松鼠黃魚	イシモチの丸揚(まるあ)げ甘酢(あまず)あんかけ
鍋塌豆腐	豆腐(とうふ)の蒸(む)しもの
合菜戴帽	肉入(にくい)り野菜炒(やさいいた)めに玉子焼(たまごや)きをかぶせ、薄餅(うすもち)にくるんだもの

湘　菜	
中文	日文
貴妃牛腩	牛肉の煮込みもの
富貴火腿	中国ハムの蜜煮
酥烤素方	湯葉の細切り肉入り揚げたもの
左宗棠雞	鶏肉の唐辛子炒め
山雞鍋	きじの玉子衣揚げ
生菜蝦鬆	そぼろのレタス包み
子薑鴨脯	ダックのささみ生薑炒め
三湘豆腐	豆腐の唐辛子ソース煮
酥炸響鈴	ゆば包みとアルミ箔包みの変り揚げ
生煎蝦餅	エビ入りのパイ
魚生湯	生の草魚の薄切りにかけた熱いスープ
竹節肉盅（或香瓜肉盅）	鳩の肉を竹の筒で蒸したスープ

四川菜	
中文	日文
棒棒雞	鶏肉の辛味ごまみそかけ

四川菜

中文	日文
乾扁牛肉絲	牛肉の細切りのカラカラ炒め
麻辣鯉魚	鯉の唐辛子醬油かけ
乾燒明蝦	エビのチリソース煮
宮保雞丁	鶏肉とナッツのチリソース炒め
豆酥鱈魚	鱈の甘酢あんかけ
鍋巴蝦仁	おこげの芝エビ入りあんかけ
魚香肉絲（帶餅）	細切り肉の魚香ソース炒め（パイ付き）
樟茶鴨	アヒルのくすのきと茶葉の薫製
麻婆豆腐	マーボー豆腐
乾扁四季豆	インゲンとひき肉のカラカラ炒め
魚香茄子	ナスの魚香り風味炒め

江浙菜

中文	日文
醉雞	ゆで鶏の老酒漬け
鳳尾魚	イシモチの甘酢あんかけ

江浙菜

中文	日文
無錫排骨	スペアリブの煮込み無錫風
豆苗蝦仁	エビ入りのえんどうのつるの炒めもの
麵托黃魚	黄魚のあんかけ
雪菜百葉	生ユパと細切り肉の炒め
糖醋里肌	ロース肉のあんかけ
雪菜黃魚片	漬物と魚の揚げもの甘酢ソースかけ
蝦仁爆蛋	エビ玉
蘇式脆鱔	田うなぎの沸騰ニンニクオイルかけ
八寶辣醬	からし味噌風味の八宝菜
砂鍋豆腐雞	豆腐と鶏肉入りの土鍋煮込み

台菜

中文	日文
滷肉	肉の醤油煮
蛋黃瓜仔肉	瓜漬物の肉あえ
三杯土雞	鶏の土鍋煮込み

台菜

中文	日文
三杯小卷	いかの土鍋煮込み
金錢蝦餅	えびの包み揚げ
蔭豉鮮蚵	かきのもろみ炒め
花枝丸	いか団子の揚げもの
醬油赤鮑	揚げ魚の醬油かけ
小魚花生	ジャコとピーナッツの煎ったもの
擔仔麵	タンタン麵に似た台湾風そば
佛跳牆	山海の珍味こと煮
鹽酥蝦	えびフライ

粵菜

中文	日文
紅燒排翅	フカヒレの煮込み
紅燒雞絲麵	鶏肉細切り入りのスープそば
中式煎牛排	牛ヒレ肉の鉄板焼き
北菇鮑片	アワビのオイスターソース煮
清蒸海上鮮	活魚の姿蒸し

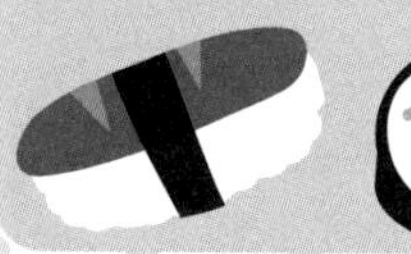

粵菜

中文	日文
上湯焗龍蝦	伊勢(いせ)エビの蒸(む)し煮(に)
鳳梨炒飯	パイン入(い)り炒飯(チャーハン)
蒜蓉蒸生蝦	ニンニク風味(ふうみ)蒸(む)しエビ
雲腿玉簪帶子	生貝柱(なまかいばしら)の炒(いた)めもの
百花炸釀蟹柑	蟹爪(かにつめ)のフライ
脆皮炸子雞	若鶏(わかどり)の丸揚(まるあ)げ
鳳梨咕嚕肉	パイナップル入(い)り酢豚(すぶた)

藥膳

中文	日文
龍眼紅燒牛肉	竜眼(りゅうがん)入(い)り牛肉(ぎゅうにく)の煮込(にこみ)
荷葉包茯苓蓮子雞	茯苓(ぶくりょう)、はすの実(み)入(い)り鶏(にわとり)のはすの葉包(はづつ)み
枸杞子拌腰片	枸杞(くこ)の実(み)入(い)りまめのあえもの
蟲草蒸鯧魚	まながつおの冬虫夏草(とうちゅうかそう)蒸(む)し焼(や)き
陳皮炒牛肉	牛肉(ぎゅうにく)の陳皮(ちんぴ)炒(いた)め
地黃紅醬肉絲	地黄(じおう)入(い)り豚肉(ぶたにく)の味噌(みそ)炒(いた)め

藥膳	
中文	日文
梅醬魚片	白身魚(しろみざかな)の梅(うめ)みそはさみ蒸(む)し
陳皮煮旗魚	かじきまぐろの陳皮(ちんぴ)煮(に)
酸棗仁燴菇耳	きのこ炒(いた)めの酸棗仁(さんそうにん)あんかけ
紅花酒糟魚	魚(さかな)と豆腐(とうふ)の紅花(こうか)入り酒粕煮(さけかすに)
薏米當歸粥	はと麦(むぎ)と当帰(とうき)のお粥(かゆ)
菊花銀耳湯	菊花(きっか)と白(しろ)きくらげのスープ

▶西洋料理

【イギリス】（英國）	
中文	日文
燉牛肉	牛肉（ぎゅうにく）とにんじんの煮込（にこ）み
烤羊肉	羊（ひつじ）の背肉（せにく）のロースト
烤雉雞	きじのロースト
山雞派	ゲームパイ
焗兔肉	うさぎのシチュー
燻鮭魚	スモークド・サーモン

【フランス】（法國）	
中文	日文
前菜拼盤	オードブルバリエ
魚貝海鮮拼盤	フリュイ・ド・メール
魚子排	キャビア
生鮮蚵	レズウィートル
蝸牛大餐	エスカルゴ
燴鵝肝	フォワグラ
什錦菜湯	ポタージュ・ボンヌ・ファム
上鮮魚湯	ブーリード
紅燒干貝	ムール貝（がい）の白（しろ）ぶどう酒煮（しゅに）

【フランス】（法國）	
中文	日文
巨螯蝦	オマール・ア・ラメリケンヌ
龍蝦	ラングスト
燴海鮮	ブイヤベース
波爾多式炒雞丁	若(わか)どりのボルドー風炒(ふういた)め
花椒牛排	ステック・オ・ポワーブル

【イタリア】（義大利）	
中文	日文
鮮貝拼盤	アンティパスト・ディ・フルッティ・ディマール
生肉火腿	ブロシュット
披薩	ピザ
蚵仔蛋湯	ストラッチャテルレ
義大利海鮮燴鍋	ブロデット
義大利餃	ラビオーリ
無敵通心粉	リガトーニ
義大利燒賣	トルテリーニ
串燒鱸魚	スピーゴラ
鹽酥蝦	スカンピ

【イタリア】（義大利）	
中文	日文
烤小牛排	アロスト・ディービッテロ・アル・フォルノ
嫩牛佰葉煲	トリッパ

【ドイツ】（德國）	
中文	日文
德國香腸	フランクフルター・ソーセージ
德國漢堡排	ハンバーガー
醋醃鯡魚	酢漬(すづ)けにしん
鰻魚湯	うなぎのスープ

【デンマーク】（丹麥）	
中文	日文
辛香菜湯	チェービル・スープ
烤牛肉	ローストビーフ
烤雞	ロースト・チキン
丹麥漢堡排	デンマーク風(ふう)ハンバーガー
維也納麵包	ウィンナーブロー

【ソビエト】（蘇俄）

中文	日文
黑魚子醬	チョールナヤ・イクラ
紅魚子醬	クラースナヤ・イクラ
鮭魚片	ショムーガ
蟹肉沙拉	サラダイス・クラバ
雙味沙拉	アグレツ
菜丁肉湯	ボルシチ
肉絲麵	ラブシャ
羊肉串燒	シャシリク
牛排肉片	ビーフ・ストロガノフー

【ギリシャ】（希臘）

中文	日文
爆魚子	クラモツサラータ
魚肉串燒	スブラキ
飄香蒲葉包飯	ドルマダキア
洋蔥焗肉	スティファード
涼拌沙拉	ボルタ

【オランダ】（荷蘭）	
中文	日文
海鮮拚盤	オードブル
小牛肉濃湯	カルフスラビヤス
紅燒獅子頭	ヘハクト
炭燒牛肉三明治	ブローチェ
荷蘭雞肉串燒	サテ
沙拉	ガドガド

【スイス】（瑞士）	
中文	日文
生鮮牛肉火腿	ジャンボンクリュ
臘味牛肉	ビアンド・セッシェ
瑞士乳酪麵包	フォンデュ・フロマージュ
蠔油涮牛肉	フォンデュ・ブルグニョン
醉鱒魚	トリュイト・オ・ブルー

【スペイン】（西班牙）	
中文	日文
蕃茄胡瓜涼湯	ガスパチョ
上鮮湯	ソーパデペスカード
烤乳豬	コチニリオアサド

【スペイン】（西班牙）	
中文	日文
蠔油蒜炒鰻	アングーラス
西班牙燴飯	パエリア

▶日本料理

中文	日文
金針菇滷海帶	きのこ昆布(こんぶ)
什錦豆	五木豆(ごもくまめ)
黑輪	關東煮(かんとうに)
天婦羅	天(てん)ぷら盛(も)り合(あ)わせ
炸豬排	とんカツ
芝麻炸生鮭	生鮭(なまざけ)のごま揚(あ)げ
烤蠑螺	さざえのつぼ焼(や)き
鹽烤竹筴魚	あじの塩焼(しおや)き
醃醬烤魚	魚(さかな)の味噌(みそ)漬(つ)け焼(や)き
手捲壽司（關東）	巻(ま)きずし
箱押方壽司（關西）	押(お)しずし
海苔絲涼麵	ざるそば
茶碗蒸	茶碗蒸(ちゃわんむ)し
蒸南瓜肉盅	かぼちゃの肉詰(にくづ)め蒸(む)し
土瓶蒸	土瓶蒸(どびんむ)し
燙青菜	おひたし
三杯醋拌菜	三杯酢(さんばいす)あえ

中文	日文
拌醬醋	ぬた
總匯生魚片	刺身(さしみ)の盛(も)り合(あ)わせ
洗鯉魚片	鯉(こい)の洗(あら)い
生醋青花魚片	しめさば
醋牡蠣	かき酢(す)
醋醃章魚	酢(す)だこ
醃漬鮪魚塊	まぐろしぐれ煮(に)
米糠醃菜	ぬか漬(づ)け
醃黃蘿蔔	たくあん漬(づ)け
洋式醃南瓜	かぼちゃのピクルス風(ふう)
壽喜鍋	すきやき
什錦火鍋	寄(よ)せ鍋(なべ)
雞肉火鍋	水炊(みずた)き
雞絲肉湯	みぞれ汁(じる)
納豆醬湯	納豆汁(なっとうじる)
海帶芽豆腐湯	豆腐(とうふ)とわかめのみそ汁(しる)

▶點心

中式	
中文	日文
麻花兒	かりんとう
千層酥	うず巻(ま)きパイ
沙其馬	おこし
杏仁酥	アーモンドクッキー
開口笑	笑姿揚(わらいすがたあ)げ菓子(かし)
爆米花	米(こめ)おこし
刨冰	かきごおり
月餅	月餅(げっぺい)
馬拉糕	蒸(む)しカステラ
蜜餞	なつめなどの砂糖煮(さとうに)
花生糖	砂糖衣(さとうごろも)かけピーナッツ
軟年糕	中国(ちゅうごく)もち

西點	
中文	日文
布丁	プリン
酸乳酪慕斯	ヨーグルトムース

西　點

中文	日文
甜筒	シャーベット
冰棒	アイスキャンデー
泡芙	シュークリーム
鬆餅	ショートケーキ
蛋塔	カスタードタルトレット
甜甜圈	ドーナツ
霜淇淋	ソフトクリーム
果凍	ゼリー
洋芋片	ポテトチップス
水果甜點	フルーツデザート

日　式

中文	日文
最中餅	もなか
羊羹	ようかん
銅鑼燒	どら焼(や)き
煎餅	せんべい
香蕉飴	すあま
豆餡糕	大福(だいふく)

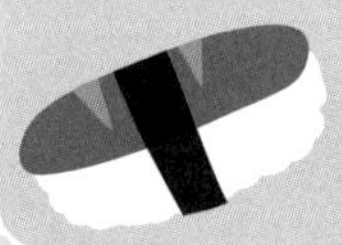

日式	
中文	日文
紅豆湯	おしるこ
紅豆板糖	豆板(まめいた)
栗子饅頭	栗(くり)まんじゅう
麻薯串	串団子(くしだんご)
海苔米果	のり巻(ま)きあられ
櫻葉豆餡糕	桜(さくら)もち

▶飲料

【コーヒー】（咖啡）	
中文	日文
歐雷咖啡	カフェ・オ・レ
維也納咖啡	ウィンナーコーヒー
黃金咖啡	カフェ・ロイセル
蜂蜜咖啡	ハニー・コーヒー
肉桂咖啡	シナモン・コーヒー
愛爾蘭咖啡	アイリッシュ・コーヒー
荷蘭咖啡	ダッチ・コーヒー

【ティー】（茶）	
中文	日文
檸檬紅茶	レモン・ティー
奶茶	ミルク・ティー
俄羅斯紅茶	ロシアン・ティー

【エード】（果汁）	
中文	日文
椰果汁	ココナッツエード
木瓜牛奶	パパイヤエード

【エード】（果汁）	
中文	日文
綜合果汁	ミックスフルーツエード
美式檸檬汁	アメリカンレモネード
檸檬蘇打	レモンソーダ
甜瓜冰淇淋蘇打	メロンアイスクリームソーダ
萊姆雪克蘇打	ライムスカッシュ
泡沫芒果汁	マンゴートロピカルスパークル
冰淇淋汽水	ジンジャーフロート
仙桃濃汁	ピーチネクター

▶酒品

【カクテール】（雞尾酒）	
中文	日文
坎帕里苦味酒	カンパリ・ソーダ
黑俄羅斯	ブラック・ルシアン
藍色夏威夷	ブルーハワイ
綠眼酒	グリーンアイス
琴酒與湯尼水	ジン・トニック
天使之吻	エンジェルキス
香檳雞尾酒	シャンペンパンジ
血腥瑪麗	ブラッディ・マリー
教父	ゴッド・ファーザー
紅衣主教雞尾酒	カーディナルパンジ

【ウィスキー】威士忌酒	
英文	日文
Kinross 12Yrs	キソロース・１２年
Johnnie Walker	ジョニー・ウォーカー
Old Parr	オールド・パー
Ballantine's	バランタイン
White Horse	ホワイト・ホース

【ウィスキー】威士忌酒	
英文	日文
I.W. Harper	アイラブリエ・ハーパル
Teacher's Royal Highland	ティーチャーズ・ロィヤルハイランド
Logan	ローガン
Seagram's Crown Royal	シーグラム・クラウン・ロイヤル
Something Special	サムシング・スペシャル
Drambuie Liqueur	ドランブイ・リキュール
President Special Reserve	ブレジデンド
Long John	ロング・ジョン
Aberlour	アベラワーV・O・H・M
Glenfiddich Pure Malt	グレンフィディック
Glenlivet	グレンリベッド
Antiquary	アソチコリー
Bell's	ベル
Mackinlay's	マッキンレー・ロイヤル・ウースター
Royal Heritage	ロイヤルヘリティジ
Dunhill Old Master	ダンヒル・オールドマスタ

【白蘭地酒】	
英文	日文
Hennessy COGNAC	ヘネシーコニヤック
Sempe Armagnac	サンペアルマニヤック
Meukow cognac	ミューコ・コニャック
Larsen Viking Ship	ラーセン・ヴィキン・シップ
Courvoisier	クルバジェ
Remy Martin Napoleon	レミーマルタン・ナポレオン
Otard XO	オタール XO
Camus XO	カミュ XO
Hine XO	ハイン XO
Bisquit Npaoleon	ビスキーナポレオン
Polignac	ポリニャック
Chabot XO	シャボー XO
Martell Cordon Bleu	マーテル・コルドン・ブルー
Roy Rene XO	ロイ・ルネ XO
Janneau Eagle XO	ジャノーブルーイーグル XO

附録❷ 食　材

▶魚貝類

	日文	中文		日文	中文
1.	鮎並（あいなめ）	鮎魚	17.	鰯（いわし）	沙丁魚
2.	赤貝（あかがい）	血蛤	18.	いぼだい	疣鯛
3.	あこうだい	松原平鮋	19.	うぐい	鰄魚
4.	あさり	蛤蜊	20.	うに	海膽
5.	鯵（あじ）	竹筴魚	21.	えい	魟魚
6.	穴子（あなご）	海鰻	22.	うなぎ	鰻魚
7.	あまだい	甘鯛	23.	かわはぎ	剝皮魚
8.	あみ	醬蝦	24.	海老（えび）	蝦
9.	鮎（あゆ）	香魚	25.	桜（さくら）えび	紅斑蝦
10.	あわび	鮑魚	26.	車（くるま）えび	明蝦
11.	あんこう	鮟鱇	27.	芝（しば）えび	青蝦
12.	いか	墨魚	28.	伊勢（いせ）えび	龍蝦
13.	ムールがい	貽貝	29.	おこぜ	虎魚
14.	いさき	雞魚	30.	かじか	杜父魚
15.	いしだい	石鯛	31.	牡蠣（かき）	蚵
16.	いとより	金線魚	32.	笠子（かさご）	紅目鰱

	日文	中文		日文	中文
33.	かじき	旗魚	52.	さより	下鱵魚
34.	かに	蟹	53.	さわら	鰆魚
35.	かつお	鰹魚	54.	秋刀魚（さんま）	秋刀魚
36.	かます	梭子魚	55.	しいら	鬼頭刀
37.	かれい	鰈魚	56.	ししゃも	柳葉魚
38.	かんぱち	赤鰤魚	57.	しじみ	蜆
39.	きす	沙鮻	58.	しゃこ	蝦蛄
40.	きんき	錦旗魚	59.	したびらめ	鰨魚
41.	きんめだい	金眼鯛	60.	しらうお	白魚
42.	くらげ	海蜇皮	61.	すずき	鱸魚
43.	いしもち	石首魚	62.	たいらがい	平貝蛤
44.	こい	鯉魚	63.	ちだい	紅目鰱
45.	こち	牛尾魚	64.	くろだい	黑棘鯛
46.	こはだ	窩斑鰶	65.	たこ	章魚
47.	鮭（さけ）	鮭魚	66.	たちうお	帶魚
48.	鱒（ます）	鱒魚	67.	たら	鱈魚
49.	さば	青花魚	68.	つぶがい	海螺貝
50.	さざえ	蠑螺	69.	とこぶし	九孔
51.	大正（たいしょう）えび	大正蝦	70.	とりがい	鳥貝

	日文	中文		日文	中文
71.	どじょう	泥鰍	90.	ぼら	烏魚
72.	飛び魚（とびうお）	飛魚	91.	ほっけ	魚花
73.	なまこ	海參	92.	ほや	海鞘
74.	にしん	鯡魚	93.	鮪（まぐろ）	鮪魚
75.	ばいがい	灰貝	94.	まながつお	鯧魚
76.	ばかがい	馬珂貝	95.	みるがい	海松貝
77.	はぜ	蝦虎魚	96.	むつ	鮭魚
78.	はたはた	日本叉齒魚	97.	めばる	大眼魚
79.	ばていら	馬蹄螺	98.	メルルーサ	無鬚鱈
80.	さめ	鯊魚	99.	もがい	藻貝
81.	はまぐり	文蛤	100.	やがら	箭魚
82.	はも	海鰻魚	101.	やつめうなぎ	八眼鰻
83.	ひげだら	髭鱈魚	102.	わかさぎ	西太公魚
84.	平目（ひらめ）	比目魚	103.	サイトオ（ニタリ）	西施舌
85.	河豚（ふぐ）	河豚	104.	ロビガキ	海蠣子
86.	ふな	鯽魚	105.	ツキヒガイ	海鏡（明蛤）
87.	はまち	鰤魚	106.	田（た）うなぎ	鱔魚
88.	ほうぼう	棘黑角魚	107.	たにし	田螺
89.	ほたてがい	海扇	108.	なまず	鯰魚

▶肉類

	日文	中文		日文	中文
1.	ダック	鴨	17.	子牛（こうし）	犢牛
2.	蝗（いなご）	蝗蟲	18.	挽肉（ひきにく）	絞肉
3.	いのしし	山豬	19.	レバー	肝臟
4.	兎（うさぎ）	兔子	20.	リ・ドゥ・ヴォー	喉頭肉、胸腺肉
5.	牛肉（ぎゅうにく）	牛肉	21.	モアル	骨髓
6.	かた	肩肉	22.	タン	舌
7.	かたロース	肩脊肉	23.	ミノ／蜂（はち）の巣（す）／千枚（せんまい）	胃袋
8.	ヒレ	裡脊肉	24.	テール	尾
9.	リブロース	排骨肉	25.	ハツ	心
10.	ばら	五花肉	26.	マメ	腎、腰花
11.	サーロイン	腰肉	27.	コーンビ-フ	罐裝鹹牛肉
12.	内（うち）もも	內腿肉	28.	うずら	鵪鶉
13.	外（そと）もも	外腿肉	29.	さくら肉（にく）	馬肉
14.	ランプ	臀肉	30.	かえる	蛙
15.	すね	脛肉	31.	雉（きじ）	雉雞
16.	ブリスケ	胸肉	32.	七面鳥（しちめんちょう）	火雞

	日文	中文		日文	中文
33.	鯨（くじら）	鯨魚	40.	ささみ	胸脊肉
34.	雀（すずめ）	麻雀	41.	砂（すな）ぎも	雞肫
35.	すつぽん	鼈	42.	豚肉（ぶたにく）	豬肉
36.	蜂（はち）の子（こ）	蜂蛹	43.	ガツ	豬肚
37.	鳩（はと）	鴿	44.	ヒモ	豬腸
38.	とり	雞	45.	豚足（とんそく）	豬蹄
39.	手羽（てば）（ウィング）	翅膀	46.	羊（ひつじ）（マトン）	羊肉

▶蔬菜

	日文	中文		日文	中文
1.	あさつき	細蔥	17.	キャベツ	甘藍菜
2.	あしたば	明日葉	18.	胡瓜(きゅうり)	小黃瓜
3.	アーティチョーク	朝鮮薊	19.	きく	食用菊
4.	アスパラガス	蘆筍	20.	きにら	韭黃
5.	ささげ	菜豆	21.	えのきたけ	金針菇
6.	うど	獨活、土當歸	22.	茸(きのこ)	蕈類
7.	枝豆(えだまめ)	毛豆	23.	アマランス	莧菜
8.	豌豆(えんどう)	豌豆	24.	くわい	慈菇
9.	エシャロット	珠蔥	25.	牛蒡(ごぼう)	牛蒡
10.	エンダイブ	茅菜	26.	こんしんさい	空心菜
11.	おかひじき	豬毛菜	27.	こまつな	雪菜
12.	オクラ	秋葵（角豆）	28.	さんとうさい	山東白菜
13.	かぶ	蕪菁	29.	ししとうがらし	長青椒
14.	かぼちゃ	南瓜	30.	紫蘇(しそ)	紫蘇
15.	きょうな	京菜	31.	じゅんさい	蓴菜
16.	カリフラワー	花椰菜	32.	しょうが	薑

	日文	中文		日文	中文
33.	ぜんまい	紫萁	52.	茄子（なす）	茄子
34.	春菊（しゅんぎく）	茼蒿菜	53.	なのはな	油菜
35.	しろうり	白瓜	54.	韮（にら）	韭菜
36.	ずいき	芋莖	55.	人参（にんじん）	紅蘿蔔
37.	芹（せり）	芹菜	56.	にんにく	大蒜
38.	セロリ	西洋芹	57.	はくさい	包心白菜
39.	空豆（そらまめ）	荷蘭豆	58.	はす	蓮藕
40.	大根（だいこん）	蘿蔔	59.	パセリ	荷蘭芹
41.	たいさい	杓子菜	60.	ラディッシュ	紅蕪菁
42.	筍（たけのこ）	竹筍	61.	ビート	甜菜
43.	玉（たま）ねぎ	洋蔥	62.	ピーマン	青椒
44.	チコリ	菊苣	63.	ふだんそう	甜菜
45.	レタス	萵苣	64.	ふき	款冬
46.	ちんげんさい	青梗菜	65.	ブロッコリ	綠花椰菜
47.	つるな	法國菠菜	66.	ほうれんそう	菠菜
48.	とうがらし	紅辣椒	67.	みずがらし	水芥菜
49.	とうがん	冬瓜	68.	みつば	鴨兒芹
50.	とうもろこし	玉蜀黍	69.	みょうが	茗荷
51.	トマト	番茄	70.	めキャベツ	高麗菜芽

	日文	中文		日文	中文
71.	もやし	豆芽菜	88.	フォンツアイタイ	紅菜苔
72.	ゆりね	百合球根	89.	薩摩芋（さつまいも）	地瓜
73.	らっきょう	火蔥	90.	さといも	芋頭
74.	ゴーヤ	苦瓜	91.	じゃがいも	馬鈴薯
75.	わさび	山葵	92.	やまいも	長山芋
76.	わらび	蕨菜	93.	あずき	紅豆
77.	ズッキーニ	夏南瓜	94.	大豆（だいず）	黃豆
78.	セロリアック	根芹菜	95.	きくらげ	木耳
79.	リーキ	韭蔥	96.	しいたけ	香菇
80.	ルバーブ	大黃	97.	しめじ	占地（玉蕈）
81.	コールラビ	大頭菜	98.	なめこ	滑子菇（擔子菌）
82.	ルタバガ	蕪菁甘藍	99.	ひらたけ	平茸菇
83.	パープルフラワー	紫花椰菜	100.	マッシュルーム	蘑菇
84.	カイラン	芥藍菜	101.	まつたけ	松茸
85.	ショウツァイ	紹菜	102.	まこも	筊白筍
86.	しんとりな	小白菜	103.	ザーサイ	榨菜
87.	トウミャオ	豆苗	104.	さやいんげん	扁豆芽

	日文	中文		日文	中文
105.	どじょういんげん	四季豆	111.	グリーンピース	青豆
106.	へちま	絲瓜	112.	みずぐわい	荸薺
107.	コエンドロ	芫荽（香菜）	113.	ゆりのはな	金針花
108.	メボウキ	九層塔	114.	ひめだけ	劍筍
109.	ひし	菱角	115.	ひょうだんうり	瓠瓜
110.	メンマ	筍絲	116.	山菜漬け（さんさいづけ）	梅乾菜

▶水果

	日文	中文		日文	中文
1.	ローズアップル	蓮霧	17.	梨（なし）	梨
2.	レイシ	荔枝	18.	棗（なつめ）	棗子
3.	竜眼（りゅうがん）	龍眼	19.	マンゴスチン	山竹
4.	グアバ	芭樂	20.	ランブータン	紅毛丹
5.	ネーブル	柳橙	21.	ドリアン	榴槤
6.	ライム	萊姆	22.	キュイフルーツ	奇異果
7.	レモン	檸檬	23.	いちじく	無花果
8.	メロン	哈蜜瓜	24.	ザボン	柚子
9.	パパイヤ	木瓜	25.	グレープフルーツ	葡萄柚
10.	マンゴ	芒果	26.	パッションフルーツ	百香果
11.	琵琶（びわ）	枇杷	27.	スターフルーツ	楊桃
12.	スモモ	李子	28.	パイナップル	鳳梨
13.	桃（もも）	桃	29.	バナナ	香蕉
14.	西瓜（すいか）	西瓜	30.	オリーブ	橄欖
15.	イチゴ	草莓	31.	くり	栗子
16.	アボカド	酪梨	32.	シトロン	佛手柑

	日文	中文		日文	中文
33.	カスタードアップル	釋迦	40.	ぽんかん	椪柑
34.	ざくろ	石榴	41.	葡萄（ぶどう）	葡萄
35.	あんず	杏	42.	ようなし	洋梨
36.	梅（うめ）	梅	43.	さとうきび	甘蔗
37.	みかん	橘子	44.	ココナッツ	椰子
38.	柿（かき）	柿子	45.	りんご	蘋果
39.	さくらんぼ	櫻桃			

▶乾物

	日文	中文		日文	中文
1.	干(ほ)しえび	蝦米	7.	寒天(かんてん)	洋菜
2.	魚(うお)の浮(う)き袋(ぶくろ)	花膠	8.	干(ほ)し貝柱(かいばしら)	干貝
3.	絹笠(きぬがさ)タケ	竹笙	9.	ピータン	皮蛋
4.	つばめの巣(す)	燕窩	10.	塩(しお)たまご	鹹蛋
5.	ビーフン	米粉	11.	フカヒレ	魚翅
6.	春雨(はるさめ)	綠豆粉絲	12.	わかめ	海帶芽

▶薬膳

	日文	中文		日文	中文
1.	ういきょう	茴香	18.	ぎんなん 銀杏	銀杏
2.	うすべにあおい	薄紅葵	19.	くこし	枸杞子
3.	おうぎ	黃耆	20.	くろごま	黑芝
4.	おうせい	黃精	21.	けいないきん	雞內金
5.	オレガノ	牛至	22.	けいひ	桂皮
6.	かいかべい	槐花米	23.	こうか	紅花
7.	かいしょうし	海松子	24.	こうさん	紅蔘
8.	かいば 海馬	海馬	25.	こうらいにんじん	高麗參
9.	かしゅう	何首烏	26.	コリアンダ-	胡荽子
10.	かしょう	花椒	27.	サフラン	番紅花
11.	かっこん	葛根	28.	さんざし	山楂子
12.	カルダモン	豆蔻	29.	さんそうにん	酸棗仁
13.	かんぞう 甘草	甘草	30.	さんやく	山藥
14.	ききょう 桔梗	桔梗	31.	じこっぴ	地骨皮
15.	きくか	菊花	32.	さんしし	山梔子
16.	きょうにん	杏仁	33.	しゃくやく 芍薬	芍藥
17.	ぎんじ	銀耳	34.	じゅくじおう 熟地黄	熟地黃

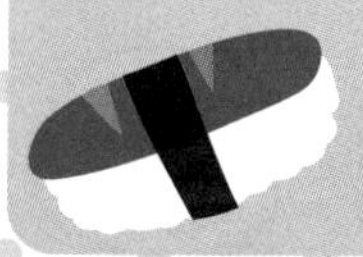

	日文	中文		日文	中文
35.	真珠（しんじゅ）	珍珠	53.	ナツメッグ	肉豆蔻
36.	ずし	豆豉	54.	かんばの毛	玉米鬚
37.	せんきゅう	川芎	55.	ハイビスカス	木槿
38.	せんばい	川貝	56.	八角（はっかく）ういきょう	八角茴香
39.	そうか	草果	57.	びゃくごう	百合
40.	ターメリック	鬱金	58.	びゃくじゅつ	白朮
41.	たいそう	大棗	59.	ぶくりょう	茯苓
42.	タイム	百里香	60.	ペパーミント	薄荷
43.	タラゴン	龍艾	61.	ほこうえい	蒲公英
44.	ちょうじ	丁香	62.	牡丹皮（ぼたんぴ）	牡丹皮
45.	陳皮（ちんぴ）	陳皮	63.	まいかいか	玫瑰花
46.	てんま	天麻	64.	よくいにん	薏仁
47.	でんしち	田七	65.	りゅうがんにく	龍眼肉
48.	当帰（とうき）	當歸	66.	れんし	蓮子
49.	とうじん	黨參	67.	ローズマリ－	迷迭香
50.	とちゅう	杜仲	68.	ローレル	月桂葉
51.	冬虫夏草（とうちゅうかそう）	冬虫夏草	69.	いれいせん	威靈仙
52.	とうがし	冬瓜子	70.	えんごさく	延胡索

	日文	中文		日文	中文
71.	おうごん	黃芩	90.	はくもんどう	麥門冬
72.	おうれん	黃連	91.	はまぼうふう	濱防風
73.	おんじ	遠志	92.	はんげ	半夏
74.	がじゅつ	莪朮	93.	びゃくし	白芷
75.	ぎょくちく	玉竹	94.	ぼうい	防己
76.	こうぶし	香附子	95.	ぼうこん	茅根
77.	ごしつ	牛膝	96.	もっこう	木香
78.	さいこ	柴胡	97.	りゅうたん	龍膽
79.	しこん	紫根	98.	ろこん	蘆根
80.	しゃじん	沙參	99.	うばい	烏梅
81.	しょうきょう	生薑	100.	えいじつ	營實
82.	しょうま	升麻	101.	おうふるぎょう	王不留行
83.	ぜんこ	前胡	102.	がいし	芥子
84.	だいおう	大黃	103.	かし	訶子
85.	たくしゃ	澤瀉	104.	けつめいし	決明子
86.	たんじん	丹參	105.	けんごし	牽牛子
87.	ちくせつにんじん	竹節人參	106.	けんじつ	芡實
88.	ちも	知母	107.	ごしゅゆ	吳茱萸
89.	てんもんどう	天門冬	108.	ごまし	胡麻子

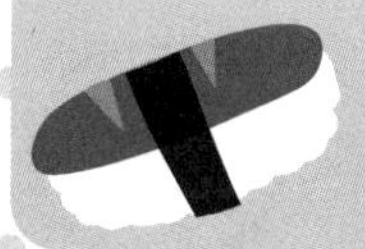

	日文	中文		日文	中文
109.	ごみし	五味子	128.	れんぎょう	連翹
110.	さんざし	山楂子	129.	いんちんこう	茵陳蒿
111.	さんしゅゆ	山茱萸	130.	いんようかく	淫羊藿
112.	しくんし	使君子	131.	おとぎりそう	小連翹
113.	してい	柿蒂	132.	がいよい	艾葉
114.	じゃしょうし	蛇床子	133.	かっこう	藿香
115.	しゃぜんし	車前子	134.	けいがい	荊芥
116.	せきしょうず	赤小豆	135.	ゲンノショウコ	牻牛兒苗
117.	そうじし	蒼耳子	136.	さいしん	細辛
118.	としし	菟絲子	137.	しゃぜんそう	車前草
119.	なんてんじつ	南天實	138.	じゅうやく	魚腥草
120.	ばくが	麥芽	139.	せっこく	石斛
121.	ばんしょう	番椒	140.	せんかくそう	仙鶴草
122.	ひまし	蓖麻子	141.	とうやく	當藥
123.	びんろうじ	檳榔子	142.	たんちくよう	淡竹葉
124.	ふくぼんし	覆盆子	143.	にくじゅうよう	肉蓯蓉
125.	ましにん	麻子仁	144.	まおう	麻黄
126.	もんてんりょう	木天蓼	145.	やくもそう	益母草
127.	もっか	木瓜	146.	れんせんそう	連錢草

	日文	中文		日文	中文
147.	かごそう	夏枯草	165.	とうちゅうかそう	冬蟲夏草
148.	かんとうか	款冬花	166.	れいし	靈芝
149.	きんぎんか	金銀花	167.	あんそくこう	安息香
150.	しんい	辛夷	168.	ごばいし	五倍子
151.	せんぷくか	旋覆花	169.	しんきく	神麴
152.	ちょうじ	丁子	170.	あきょう	阿膠
153.	おうひ	櫻皮	171.	ごおう	牛黃
154.	けいひ	桂皮	172.	ごうかい	蛤蚧
155.	こうぼく	厚朴	173.	じゃこう	麝香
156.	ごかひ	五加皮	174.	しりゅう	地龍
157.	じこっぴ	地骨皮	175.	せんそ	蟾酥
158.	そうはくひ	桑白皮	176.	はんぴ	反鼻
159.	とちゅう	杜仲	177.	びゃっきょうさん	白殭蠶
160.	じんこう	沉香	178.	べっこう	鼈甲
161.	そうきせい	桑寄生	179.	ぼれい	牡蠣
162.	ちょうとうこう	鉤藤	180.	ゆうたん	熊膽
163.	もくつう	木通	181.	れいようかく	羚羊角
164.	ちょれい	豬苓	182.	ろくじょう	鹿茸

	日文	中文		日文	中文
183.	しゃくせきし	赤石脂	185.	たいしゃせき	代赭石
184.	せっこう	石膏	186.	りゅうこつ	龍骨

▶調理法解説

調理法解説	
用語	說明
煎（ジエン）	少量の油で材料の両面を色づくまで炒り焼きにすること。
炒（チャオ）	強火で材料を短時間で炒めること。中華料理で最もよく使われる調理法。栄養分の損失を防ぎ、材料の持ち味を生かす。
煮（ツウ）	多めのスープで、材料に火が通るまで煮ること。
炸（ザアー）	たっぷりの油で揚げること。
爆（バオ）	高温の油や煮たった湯に通し、瞬間的に熱を通す調理法、北京料理が得意とする方法。
蒸（ツエン）	蒸すこと。
烤（カオ）	オーブンや直火で、あぶり焼くこと。表面は香ばしくパリパリと、中は軟らかいのが特徴。
燻（シュン）	燻製料理。下処理した材料を煙でいぶし、独特の風味を加えたもの。
釀（ニアン）	中をくり抜いて、エビのすり身などを詰めて蒸すこと。

調理法解説

用語	説明
焼（サアオ）	炒めたり揚げたりしたあと、煮汁で味をふくめる調理法。
灼（ヅオ）	生の材料を熱湯でゆでて八分通り火を通すこと。広東料理でよく使われる調理法。
溜（リュウ）	炒めたり揚げた材料にトロ味のついたあんをからめたり、かけたりすること。
滷（ルウ）	香辛料入りのタレで、弱火で煮て味をしみ込ませさめてから冷菜にすること。
燉（ドエン）	二重鍋や湯せんで、材料が軟らかくなるまで煮込むスープ。
煲（バオ）	さっと炒めて調味してから、土鍋で煮込むこと。広東料理に多い。
羹（ゴン）	トロ味をつけたスープ料理。広東料理に多い。
拌（バン）	あえもの。
醉（ツェイ）	酒に香辛料と材料を漬けて、味と香りをしみ込ませる調理法。
凍（ドン）	寒天やゼラチンで冷やして固めた寄せもの。

調理法解説	
用語	說明
湯（タン）	スープ料理（りょうり）のこと。スープに材料（ざいりょう）を入（い）れて調味（ちょうみ）して仕上（しあ）げる。

附錄❸ 台灣小吃

中文	日文
燒餅	中華風焼(ちゅうかふうや)きパン
油條	スティック揚(あ)げパン
韭菜盒	揚(あ)げニラ餃子(ぎょうざ)、ニラ焼(や)き饅頭(まんじゅう)
水餃	水餃子(すいぎょうざ)
蒸餃	蒸餃子(むしぎょうざ)
饅頭	饅頭(まんじゅう)
割包	台湾風(たいわんふう)ハンバーガー
飯糰	ご飯(はん)と野菜(やさい)ロール
蛋餅	中華風卵焼(ちゅうかふうたまごや)き
皮蛋	ピータン
鹹鴨蛋	アヒルの塩味卵(しおあじたまご)
豆漿	豆乳(とうにゅう)
米漿	ライス＆ピーナッツミルク
米粉	ビーフン
炒米粉	ビーフン炒(いた)め
冬粉	春雨(はるさめ)
板條	台湾風廣幅麺(たいわんかぜこうはばめん)

飯　類	
中文	日文
稀飯	お粥（かゆ）
白飯	ご飯（はん）、ライス
油飯	台湾風（たいわんふう）おこわ（もち米（ごめ）、油（あぶら）ご飯（はん））
糯米飯	もち米（ごめ）ライス
滷肉飯	豚肉煮込（ぶたにくにこ）みのかけごはん
蛋炒飯	卵入（たまごい）りチャーハン
地瓜粥	サツマイモ粥（がゆ）
八寶飯	八宝（はっぽう）ライス
蝦仁炒飯	エビチャーハン
什錦炒飯	五目（ごもく）チャーハン

麵　類	
中文	日文
餛飩麵	ワンタン麵（めん）
刀削麵	スライスされた麵（めん）
麻辣麵	スパイシ・ホット麵（めん）
麻醬麵	ごまペースト麵（めん）

麵類

中文	日文
鴨肉麵	かも肉麺(にくめん)
鵝肉麵	ガチョウ肉麺(にくめん)
鱔魚麵	田(た)うなぎ焼(や)きそば
烏龍麵	うどん
蚵仔麵線	カキ入(い)り素麺(そうめん)
榨菜肉絲麵	ザーサイと細切(こまぎ)り肉麺(にくめん)
陽春麵	かけうどん
湯麵	タンメン
炒麵	台湾風焼(たいわんふうや)きそば
牛肉麵	牛肉麺(ぎゅうにくめん)
炸醬麵	ジャージャン麺(めん)(中華味噌麺(ちゅうかみそめん))
海鮮麵	海鮮麺(かいせんめん)
排骨麵	スペアリブ麺(めん)

湯類

中文	日文
魚丸湯	フィッシュボールのスープ
貢丸湯	ミートボールのスープ

湯　類

中文	日文
蛋花湯	卵(たまご)&野菜(やさい)スープ
蛤蜊湯	ハマグリスープ
蚵仔湯	カキのスープ
紫菜湯	ワカメスープ
酸辣湯	サワースープ
餛飩湯	ワンタンスープ
豬腸湯	豚腸(ぶたちょう)スープ
肉羹湯	肉団子(にくだんご)のとろみスープ
花枝湯	イカスープ
花枝羹	コウイカのとろみスープ
雞蓉玉米湯	鶏肉(とりにく)とコーンスープ
紫菜蛋花湯	卵(たまご)とワカメのスープ
海鮮湯	海鮮(かいせん)スープ
豬肝湯	豚(ぶた)レバースープ
魚翅湯	ふかひれスープ

甜　點

中文	日文
愛玉	オーギョーチィゼリー
糖葫蘆	フルーツの飴(あめ)がけ（サンザシ、トマト、イチゴ、山芋(やまいも)…、等(など)を串(くし)に刺(さ)して飴(あめ)がけしたもの。）
壽桃	長寿(ちょうじゅ)の桃(もも)あん饅頭(まんじゅう)
芝麻球	ごま団子(だんご)
雙胞胎	双子揚(ふたごあ)げパン

冰　品

中文	日文
綿綿冰	練乳(れんにゅう)などを入(い)れてふわっとした口(くち)どけるアイス
麥角冰	オートミールアイス（燕麦(えんばく)かき氷(ごおり)）
地瓜冰	さつまいもアイス
八寶冰	八宝(はっぽう)アイス
豆花	おぼろ豆腐(どうふ)
紅豆牛奶冰	小豆(あずき)とミルクアイス

果汁

中文	日文
甘蔗汁	さとうきびジュース
酸梅汁	梅(うめ)ジュース
楊桃汁	スターフルーツジュース
青草茶	ハーブジュース

點心

中文	日文
蚵仔煎	牡蠣(かき)オムレツ
棺材板	厚(あつ)切(ぎ)りトーストのシチュー詰(つ)め
臭豆腐	臭(くさ)い豆腐(とうふ)
油豆腐	あげ豆腐(とうふ)
麻婆豆腐	マーボー豆腐(とうふ)
天婦羅	天(てん)ぷら
蝦片	エビクラッカー
蝦球	エビボール
春捲	台湾風春巻(たいわんふうはるま)き
雞捲	チキンロール
碗糕	お碗蒸(わんむ)し

點 心

中文	日文
筒仔米糕	型抜(かたぬ)きおこわ
紅豆糕	小豆(あずき)もち
綠豆糕	緑豆(りょくとう)ケーキ
豬血糕	豚(ぶた)の血(ち)もち
芋頭糕	サトウいもケーキ
肉圓	台湾風(たいわんふう)のミートボール
水晶餃	さつまいもの粉(こな)、かたくりこ、もちごめの粉(こな)などを混(ま)ぜて作(つく)る餃子(ぎょうざ)
肉丸	ライス肉団子(にくだんご)
蘿蔔糕	大根餅(だいこんもち)
豆乾	干(ほ)し豆腐(とうふ)

國家圖書館出版品預行編目資料

餐飲日語／林正成、李美麗編著.
— 初版. — 臺北市：五南, 2015.06
面； 公分.
ISBN 978-957-11-8105-9（平裝）

1.日語 2.餐飲業 3.會話

803.188 104006899

1AK9

餐飲日語

作　　者 — 林正成、李美麗
發 行 人 — 楊榮川
總 編 輯 — 王翠華
主　　編 — 朱曉蘋
封面設計 — 童安安
插　　圖 — 凌雨君
出 版 者 — 五南圖書出版股份有限公司
地　　址：106台北市大安區和平東路二段339號4樓
電　　話：(02)2705-5066　傳　　真：(02)2706-6100
網　　址：http://www.wunan.com.tw
電子郵件：wunan@wunan.com.tw
劃撥帳號：01068953
戶　　名：五南圖書出版股份有限公司

台中市駐區辦公室/台中市中區中山路6號
電　　話：(04)2223-0891　傳　　真：(04)2223-3549
高雄市駐區辦公室/高雄市新興區中山一路290號
電　　話：(07)2358-702　傳　　真：(07)2350-236

法律顧問　林勝安律師事務所　林勝安律師

出版日期　2015年6月初版一刷
定　　價　新臺幣350元

※版權所有・欲利用本書內容，必須徵求本公司同意※